Tungmetall av Ina Haller

Till min familj
Urs, Pascale, Rebecca och Manuela

Ina Haller

Tungmetall

Översättning Britt-Marie Ek

♦Bokmärket B♦

© 2012 Latos-Verlag, Calbe/Saale, Germany
Originalets titel: Schwermetall
Svensk översättning © 2014 Bokmärket B
(Britt-Marie Ek)

Omslagsfoto: osmar01 (www.fotolia.com)
Översättning: Britt-Marie Ek
Förlag och tryck: BoD

ISBN: 978-91-7463-564-5

Prolog

Franca lutade sig tillbaka och blundade ett ögonblick. Bultandet i pannan blev starkare för var minut och förebådade ett kraftigt migränanfall. Hon masserade tinningarna med tumme och pekfinger och rullade med axlarna. Bordet hon satt vid badade i grällt ljus. I övriga delar av rummet var det mestadels skumt. Och i hörnen nästan helt mörkt. Hon sneglade på klockan. Tjugo minuter i tolv. Och hon satt fortfarande här! Franca fnös till och räckte tunga åt mikrosonden. Hon kände att hon längtade efter en cigarrett och sträckte ut handen efter asken. Tvekade ett ögonblick. Hon hade rökt nästan ett paket under kvällen. När examensarbetet var över skulle hon sluta. För gott den här gången. Hon drog ut den sista cigarretten ur paketet, satte den mellan läpparna och gick fram till fönstret. När hon öppnade det möttes hon av ett iskallt luftdrag. Franca tvingade sig att inte huttra till och tände cigarretten. Hon drog in röken djupt i lungorna och höll kvar den där ett litet tag innan hon blåste ut den i den iskalla nattluften. Långt bortifrån hörde hon karnevalsmusik. De så kallade tre vackraste dagarna hade inletts i Basel idag med den traditionella morgonmarschen. Nu rådde undantagstillstånd. Även om Franca inte var någon vän av karnevalen ville hon i det här ögonblicket ingenting hellre än att blanda sig med folk därute och få glömma sitt examensarbete i det brokiga tumultet, om än bara för en kort stund.

Det gick allt annat än bra. Hon låg helt efter. Av det skälet hade hon fått allvarliga problem med professor Krüger som var hennes handledare. Till råga på allt var pyroxenerna, hornbländena och det vulkaniska glaset så vittrade att det var svårt att få fram ett bra mätresultat. Det skulle ovillkorligen leda till ytterligare förseningar. Hon behövde ett minsta antal fina analyser för att kunna säga något. Så länge som hon inte hade det var hon tvungen att sitta vid den förbaskade sonden och göra mätningar.

Franca drog ett sista djupt bloss. Cigarretten var nu nerrökt till filtret och hon knäppte med fingrarna så att den flög ut genom fönstret. Nikotinet hade gjort gott. Men huvudvärken hade det inte fått bort. Hon stängde fönstret med en suck.

Franca gick bort till bordet och lyfte upp sin ryggsäck. Hon letade i kaoset som rådde i den. Till slut hittade hon en huvudvärkstablett. Hon sträckte sig efter flaskan med mineralvatten på bordet och sköljde ner tabletten. Inte längre än till midnatt, bestämde hon sig. Franca kisade med ögonen och stirrade på skärmen där bilden från mikroskopet visades i förstorad version. Hon sköt det finkorniga preparatet hit och dit för att hitta ett användbart hornblände. Hon var inte längre så säker på att det hade varit en bra idé att ge sig i lag med det här examensarbetet ...

Någonstans i byggnaden knarrade det. Franca hoppade till och lyssnade. Var det steg? Du och din fantasi, sa hon strängt till sig själv. Vem skulle vara på institutionen vid den här tiden? Ingen! Alla var antingen hemma eller så firade de karneval. Eller var det steg i alla fall? Hon höll andan och lyssnade igen, men det enda som hördes var surrandet från mikrosonden och datorn. Hon kastade en blick på mätresultatet och svor till. Oanvändbart. Igen! Man kunde bli förtvivlad! Hon sneglade på klockan igen. Tre mätningar till och sedan gå hem. Det ledde ingenvart. Hon behövde en paus. Och en cigarrett. Snabbt. I morgon bitti skulle det säkert gå bättre.

I samma ögonblick hörde hon ett klickande ljud från dörren. Franca for runt och fick syn på två utklädda gestalter. En av dem höll en liten piccoloflöjt i händerna. Denne hade en dräkt på sig, som var prydd med kortlekskort och bjällror, och bar en vit mask. Den andre hade klätt ut sig i brokig dräkt och clownmask. De stängde dörren och stod stilla. I det skumma ljus som rådde i resten av rummet tycktes de vara från en annan värld. Det var säkert studenter som ville spexa. Det var allmänt känt på institutionen att Franca låg efter med sitt arbete. Alla visste dessutom hur mycket hon hatade karnevalen. Hon försökte bli klar över vem det kunde vara. Det lyckades inte. Hon kunde inte heller avgöra om det var män eller kvinnor. Det var det som hon hatade så med karnevalen. Masker och kostymeringar gav en anonymitet som för det mesta utnyttjades skamlöst till busstreck.

De båda maskerna flinade mot henne med onormalt stora munnar. Ögonen, det enda mänskliga hos dem som gick att se, glittrade mörka i öppningarna. Piccolospelaren lyfte flöjten till öppningen i masken. Det ljöd en räcka tunna gälla toner, något som Francas huvud svarade på med ett häftigt dunkande.

6

"Försvinn och låt mig vara i fred! Jag har ingen lust med karneval", fräste hon till de båda. "Jag har mycket att göra."
Hon tyckte sig se hur clownfiguren drog upp axlarna och vred huvudet lite åt sidan. Piccolospelaren sänkte flöjten och böjde på huvudet. Det röda håret på masken föll fram. "Stick!" Franca vände ryggen åt dem och hoppades att de skulle gå sin väg. Hon hörde hur något rasslade till och hur bjällrorna som var fastsydda på kostymerna klingade lätt. Franca väntade på att dörren skulle öppnas och stängas. Då ljudet hon hoppades på inte kom kastade hon en blick över axeln. De två hade inte rört sig ur fläcken.
"Om ni inte har nåt bättre att göra än att titta på mitt tråkiga arbete, så varsågoda."
Hon bestämde sig för att inte låtsas om dem och letade efter ett nytt hornblände att mäta. Tysta steg som kom närmare fick henne att hejda sig. Hon kände hur de två ställde sig bakom henne. Plötsligt reste sig nackhåren på henne utan att hon förstod varför. Hon kunde se hur de båda speglade sig skugglikt i skärmen. De stod nu tätt bakom henne. Den kortleksmönstrade lyfte händerna. Vad det var han höll i nyporna kunde Franca inte urskilja. Hon svängde runt och fick en skymt av en tunn metalltråd som i samma sekund lades runt hennes hals.

1

Marika sköt upp dörren till Mineralogiska institutionen med axeln. Hon andades ut när hon kom in i värmen för ute var det isande kallt. Brisen, den kalla nordanvinden, var ganska hård idag och till och med i Basel där det annars brukade vara några grader varmare än i övriga Schweiz var det isigt.

Hon flyttade den heta kaffemuggen från höger till vänster hand. Så här tidigt på morgonen – klockan var lite över sju – var det ingen rörelse här. De första studenterna skulle komma tidigast om en halvtimme.

Hon hade stämt träff med Franca till frukost klockan sex på morgonen. I vanliga fall steg Marika inte upp så tidigt, men Franca var för tillfället ganska pressad av sitt arbete. Då var Marika tvungen att stiga upp tidigt då och då, om hon ville se väninnan. Men Franca hade inte kommit. Marika hade inte heller fått något svar när hon knackat på hennes dörr i tron att hon hade försovit sig. Franca hade tydligen arbetat vid mikrosonden hela natten. Marika hade snabbt slukat sin müsli och bestämt sig för att först åka till Mineralogiska institutionen och ge Franca en kopp kaffe.

"God morgon, Marika. Du är minsann tidigt här."

Marika for runt och tittade in i Agnes Stamms vänliga ansikte, sekreteraren på Mineralogi. Hon var för det mesta på institutionen före alla andra. På det viset kunde hon arbeta ostört, hade hon sagt med ett skratt en gång.

Marika hälsade tillbaka. "Franca måste ha arbetat hela natten vid mikrosonden", tillade hon.

"Stackaren", suckade sekreteraren. "Professor Krüger gör verkligen livet till ett helvete för henne."

"Jag tänkte pigga upp henne med en kopp kaffe." Marika lyfte kaffemuggen.

"Vilken bra idé. Du vet ju var mikrosonden står." Agnes Stamm nickade åt henne och försvann i en korridor.

Marika rättade till sin ryggsäck och började gå åt motsatt håll. Det sipprade faktiskt ut lite ljus under dörren till rummet där mikrosonden stod. Marika kände medlidande med väninnan. Hon kunde inte fatta varför Franca hade varit så angelägen om att skriva examensarbete för Krüger. Visserligen var vulkanologi hennes liv. Men var det verkligen värt det här? Med sådana villkor?

Marika knackade på med sin fria hand. När hon inte fick något svar öppnade hon dörren utan omsvep.

"Frukosten är serverad!", ropade hon när hon fick syn på väninnan på stolen vid bordet.

Men Franca rörde sig inte. Hon satt med ryggen vänd mot Marika i en egendomlig ställning. Huvudet var lätt bakåtlutat. Precis som om hon sov. Det måste vara väldigt obekvämt. Marika kände återigen medlidande med väninnan.

Hon lät ryggsäcken dunsa ner på golvet och gick tvärs genom rummet. När hon hade ställt ifrån sig kaffemuggen på bordet vände hon sig mot Franca. "Vakna!" Hon hejdade sig mitt i rörelsen när hon såg väninnan. Ställningen hon satt i såg helt onaturlig ut.

"Franca?" Väninnan stirrade på henne med vidöppna ögon. Enstaka blodkärl hade brustit i ögonen. I det onaturligt bleka ansiktet speglades förfäran.

"Franca?" sa Marika igen och rörde vid väninnans axel. "Det är bara jag."

Francas högra hand hade vilat vid halsen. Nu föll den ner och en röd strimma blev synlig. Marika stirrade hypnotiserat på den. Hon var ur stånd att röra sig. Hennes blick gled till väninnans bröstkorg. Den höjde och sänkte sig inte. Det var väl inte så att ...? Till slut klarade hon ändå att lyfta handen och känna efter pulsen på Francas hals. Huden kändes kall. Och livlös. Nästan som vax. Pulserandet som skulle kännas under huden var inte där.

Ett skrik klöv morgonens stillhet. Marika gjorde ett ryck med huvudet. Sedan förstod hon att det var hon själv som hade skrikit och skrek igen.

Marika stödde händerna mot tvättfatet och försökte andas lugnt. Hon hade fortfarande den beska smaken av spyor i munnen. Hon blundade, men öppnade genast ögonen igen eftersom hon såg Franca framför sig, där hon stirrade på henne med sina livlösa ögon.

Marika tog en klunk vatten till, men det var inte någon speciellt bra idé. Hennes mage gjorde uppror direkt. Hon kämpade mot lusten att kräkas. Det hjälpte inte. Vattnet hon hade druckit sprutade genast ur munnen på henne och ner i tvättfatet. Det tog en stund innan illamåendet hade lagt sig. Marika lutade sig mot väggen. Det brände i matstrupen.

Just då öppnades dörren bakom henne. Agnes Stamm kom in till henne och rörde vid hennes axel.

9

"Är det okej igen?" Marika ryckte på axlarna, men nickade sedan. "Polisen är här och vill tala med dig."

Marika svalde illamåendet som var på väg tillbaka. "Jag kan inte prata med nån nu", fick hon fram. Hennes röst lät alldeles hes. "Jag vill inte träffa nån."

"Jag vet inte om polisen godtar det."

Marika böjde på huvudet. "Nej, antagligen inte. Jag kommer strax."

"De är på mitt rum." Sekreteraren gav Marikas axel en ny tryckning och lämnade toaletten.

Med ryggen mot väggen gled Marika ner på golvet. Hon frös. Polisen ... Det gjorde det hela verkligare. Till slut reste hon sig beslutsamt. Hon vacklade till och höll sig med båda händerna i tvättfatet tills yrseln lade sig. Ju snabbare hon fick det gjort, desto bättre. Marika spolade kallt vatten i ansiktet och tog ett djupt andetag.

Hon lämnade toaletten med tunga steg och tog vägen till Agnes Stamms rum. Hon stannade till i den öppna dörren. Inne i rummet väntade två män. De stod bredvid varandra och tittade ut genom fönstret. Marika harklade sig och knackade i dörrkarmen. De båda vände sig om. Den ene var magerlagd och måste vara i 55-årsåldern. Hans grå ögon verkade onaturligt stora bakom glasögonen. Uppe på huvudet glänste en vit millimeterlång stubb, som såg ut som en krans av vitt hår. Hela hans gestalt verkade på något sätt fjär. Han lade armarna i kors framför bröstet och mönstrade Marika. Uppifrån och ner, tyckte hon. Det var som om han utsatte henne för ett test.

När Marika såg den andre polisen fick hon svårt att andas. Han var också lång och smal, men mycket muskulös. Han var helt klart yngre än sin kollega – kring de trettio. Det tjocka bruna håret stod upp lite. Han mönstrade henne också med sina mörkbruna ögon. Men inte nedlåtande som den äldre kollegan utan snarare intresserat.

För ett ögonblick var det ingen av dem som rörde sig. Sedan tog den yngre ett steg emot henne. Marika kom på sig med att stirra på mannen med öppen mun och stängde den. Hon återvände genast till verkligheten och vek undan för hans blick.

"Är det du som är Marika Wenger?", frågade den magerlagde. Hans röst hade en skärpa som Marika inte kunde förklara. Hon kunde inte få fram ett ljud utan nickade bara. "Kriminalpolisen i Basel. Jag heter Fritz Brunn och detta är min kollega Simon Forster. Efter vad vi har fått veta var det du som hittade kroppen?"

Kroppen! Hon har ett namn, tänkte Marika ilsket. Hennes ögon fylldes med tårar. Hon tittade snabbt åt sidan. "Ja", sa hon tyst.

"Vi skulle vilja ställa några frågor till dig om det går bra." Nej, det gör det inte, tänkte hon. "Javisst", svarade hon i stället.

"Varsågod och sitt." Brunn pekade på en stol. Svag i knäna gled Marika ner på trästolen. Hennes blick mötte Forsters. Hans blick for snabbt över henne och så gick han för att stänga dörren. Sedan satte han sig bredvid sin kollega som hade slagit sig ner vid Agnes Stamms skrivbord. Bordet stod som en barriär mellan dem. Marika hade en känsla av att sitta på den anklagades bänk.

Forster drog fram en liten anteckningsbok och en penna ur sin jackficka. Han nickade till Brunn som genast började med utfrågningen.

"Till att börja med, ändrade du på nåt när du gick in i rummet?"

"Om jag ändrade på nåt?"

"Om du rörde vid nåt, tog bort nåt eller ställde dit nåt?"

Först skakade Marika på huvudet. "Jag ställde kaffet bredvid mikrosonden", sade hon sedan.

"Kaffet?", upprepade Brunn. De båda tjänstemännen växlade en blick.

"Jag hade med mig kaffe till Franca." Hon fick tårar i ögonen. Hon var tvungen att blinka och böjde ner huvudet, men lyfte det med detsamma igen.

"Rörde du vid nåt?"

"Nej, jag tror inte det."

"Du tog alltså inte med dig nåt?", frågade han eftertryckligt. Marika skakade på huvudet.

"Rörde du vid kroppen?"

Marika ryckte till. Hon kunde nätt och jämnt låta bli att börja darra. "Nej ... Jo", stammade hon. Jag tog Franca i axlarna. Hennes arm föll ner."

"Föll ner?"

"Hon hade lagt handen mot halsen. Och handen föll ner. Då såg jag det röda strecket på hennes hals och kände efter pulsen."

"Och i övrigt?", hakade Brunn på.

11

"Jag vet inte … Det första jag kommer ihåg efter det är att Agnes Stamm tog mig till toaletterna."

Brunn lutade sig bakåt. Han trummade lätt med fingertopparna mot bordet. Hans ögon vilade hela tiden på henne. Marika kände hur hon blev svettig i handflatorna. Hade hon gjort något fel?

"Var snäll och berätta i detalj hur du fann Franca Cavalli. Och varför du tittade efter henne. Du var ju väldigt tidigt på institutionen."

Hon kunde inte förklara varför hon kände behov av att försvara sig. Med bruten röst började Marika berätta att Franca inte hade kommit till deras frukostträff. Hur hon hade bestämt sig för att gå med en kopp kaffe till henne och hur hon hade hittat sin väninna.

Brunn avbröt henne inte och Forster fortsatte anteckna i den lilla boken. När Marika var färdig, bredde tystnaden ut sig i rummet. Den bröts av Brunn efter några sekunder.

"Ni bor alltså på samma ställe?"

"Ja."

"Vilken adress har du?"

"Jag bor på Bruderholzhospitalets personalboende – rum 210."

"Vad hade du för relation till Franca Cavalli?"

"Vi är väninnor."

Brunn sänkte huvudet. "Har ni känt varandra länge?"

"Sen vi gick på dagis."

Ett uttryck som Marika inte kunde tyda drog över tjänstemannens ansikte. "Det är lång tid. Hade ni kontakt med varandra hela tiden?" Marika nickade och undrade vad det hade med väninnans död att göra. "Jag skulle vilja veta lite mer om det." Hans röst fick en skarp ton igen som Marika inte kunde förklara.

Hon drog djupt efter andan. "Vi bodde grannar, gick på samma dagis och gick senare i samma skola …"

"Att döma av din dialekt kommer du inte från Basel", avbröt Brunn.

"Nej, vi – Franca och jag – kommer från Aarau."

"Och när ni hade gått ut skolan?", frågade han vidare.

"Då bestämde vi oss för att läsa tillsammans. Hon tänkte bli vulkanolog och jag paleontolog."

Marika tittade förbi tjänstemännen bort mot fönstret. På universitetet kallades de för Aarautvillingarna. Inte för att de var lika till utseendet, utan för att man för det mesta träffade

12

på dem tillsammans. Man menade att de var oskiljaktiga och log ibland ironiskt åt detta. Men utseendemässigt hade de inte kunnat vara mer olika. Franca hade långt rakt mörkt hår, som var så svart att det skimrade lätt i blått. I hennes mörka ögon kunde man inte se pupillerna riktigt. Även hennes olivfärgade hy var ett tydligt tecken på hennes sydländska härkomst. Marika däremot hade blå ögon och långt, lätt lockigt hår, som lyste i en intensivt rödbrun färg. Hon hade ofta fått frågan vad hon använde för toning. Folk såg jämt förbluffade ut när Marika betonade att det var hennes egen färg.

"Marika!", hördes med ens Brunns skarpa röst.

Marika återvände förskräckt till verkligheten. Brunn kisade med ögonen.

"Ursäkta mig", mumlade hon.

Forster iakttog henne också. Men hans ansiktsuttryck verkade neutralt till skillnad från Brunns. Plötsligt önskade Marika att det var han som skulle hålla förhöret, för hon bedömde honom som mer inkännande än Brunn.

"Kan jag nu få ett svar på min fråga!" ropade Brunn.

"Ursäkta, men kan jag få höra den igen?"

"En gång till." Han lät mer än otålig. "Ni stod alltså varandra mycket nära."

"Vi var som systrar", flög det ur Marika, innan hon hade tänkt över hur hon skulle svara.

"Som systrar?", frågade Brunn. Marika kunde inte tyda hans tonfall. "Systrar är inte heller alltid överens."

"Förlåt?"

"Var befann ni er igår kväll?"

Marika svalde. Han måste ställa den frågan, sa hon sig. Det måste han göra till alla. "Jag var på mitt rum."

"På personalboendet?"

Marika nickade.

"Och du var där hela kvällen?"

"Ja. Jag hade inlämningar att rätta, från undervisningen i paleontologi."

Forster såg frågande ut.

"Jag håller i övningarna och har hand om tentorna också."

"Hur hänger det ihop?", frågade Forster. Det var första gången som han grep ordet och deltog i förhöret. Till skillnad från Brunns utpräglade Baseldialekt var hans Bernaccent som musik i Marikas öron. Hon kom genast att tänka på sin mormor som kom från Berner Oberland. Oväntat nog gav just

13

detta faktum henne lite tröst. "Jag trodde att ni själv var student?"

"Doktorand", rättade Marika honom. "Jag hoppas bli klar med min doktorsavhandling till sommaren."

"Och sen?", undrade Forster. Hans röst lät mjuk. Det var välgörande efter Brunns anklagande och skarpa tonfall. Men hon var ändå på sin vakt.

"Jag har fått ett erbjudande om en lärartjänst här vid universitetet. Professor Finn går i pension om några år." Varför berättade hon egentligen det för honom? Dessutom kunde Marika plötsligt inte skaka av sig känslan att de två höll på och lekte "snäll och stygg polis" med henne.

"Men Franca Cavalli skrev på sitt examensarbete..." Forster bläddrade tillbaka några sidor i sin anteckningsbok. "... eller har jag missförstått, så att det också rör sig om en doktorsavhandling?"

"Nej, hon tog ett sabbatsår. Hon behövde en paus, sa hon. Det mellanåret, om man kallar det så, tillbringade hon i Italien. När hon kom tillbaka, lät hon det gå lite långsammare."

"Och du lämnade inte ditt rum?", inflickade nu Brunn. Marika var förvånad över att han hade låtit sig avbrytas av Forster och varit tyst så länge. Det verkade ändå inte som om de lekte snäll polis och stygg polis. Hon var säker på att Forster skulle få sig en tillrättavisning senare, så som Brunn tittade på sin kollega. Den lätta ton som den yngre tjänstemannen hade frågat ut henne i passade avgjort inte ihop med Brunns stil.

"Jag var på rummet hela kvällen."

"Du gick verkligen inte ut?", borrade Brunn vidare.

"Bara för att koka mig en kopp te i det gemensamma köket."

"Alltså lämnade du rummet!"

Brunn knep ihop ögonen. Marika kände hur hon blev varm. Han misstänker mig, for det genom hennes huvud. Hon flätade samman fingrarna, så att hennes händer inte skulle börja darra.

"Det råkar inte vara så att du lämnade personalboendet också?"

"Nej. Jag gick bara för att hämta te."

"Blev du färdig?"

"Vad då med?" Marika ansträngde sig för att verka så lugn som möjligt.

14

"Med rättningen?", ropade Brunn otåligt.

"Nej."

"Var det nån som såg dig i köket?"

"Nej."

"Kan nån intyga att du inte lämnade personalboendet?"

"Nej. Jag var ensam hela kvällen."

"Du pratade inte i telefon heller?"

"Nej. På sin höjd kan nån ha sett utifrån att ljuset var tänt på mitt rum."

"Det kan man låta vara tänt när man går ut."

Nu började Marika svettas. Men sedan tog hennes upprördhet överhanden. "Antyder du att jag skulle ha mördat Franca?!"

Brunn svarade inte. Men han lyfte på ögonbrynen och det räckte för att knuten i Marikas bröst skulle växa.

2

"Jag skulle vilja gå hem", sa Marika. Angela Finn reste sig och gick runt sitt skrivbord. Den magra, gråhåriga kvinnan ställde sig framför Marika och lade händerna på hennes axlar. Hennes ögon var fyllda av förståelse. "Jag klarar inte av det idag", fortsatte Marika. "Alla tittar medlidsamt på mig och ställer frågor."

Professorn i paleontologi nickade. "Gå hem, Marika". Jag tar övningstimmen idag och jag klarar mig själv under föreläsningen också."

"Säkert?"

Marikas axlar fick en lätt tryckning. "Visst. Jag förstår vilken chock det här måste vara för dig. Det är det för oss alla, men för dig är det särskilt svårt."

Nu kunde Marika inte hålla sig längre utan brast i gråt. Professor Finn slöt henne i sin famn och Marika lät tårarna flöda fritt för första gången sedan hon hittat Franca. Professorn strök henne varsamt över ryggen.

"Gå hem, barn lilla. Och behöver du mer tid på dig i morgon, så meddela mig."

"Tack", mumlade Marika.

Hon lämnade professor Finns arbetsrum och hasade mot sitt eget rum. När hon sträckte sig efter sin jacka, föll hennes blick på skrivbordet. Precis mittpå det låg Brunns och Forsters visitkort. "Om du kommer på nånting mer", hade Brunn sagt. Hon var på väg att ta korten, men lät handen sjunka ner igen. Vad skulle hon komma på för något? Till slut tog hon sig samman och lade båda korten i sin väska.

Hon öppnade dörren och kikade ut. Korridoren var tom tack och lov. Marika tog sig snabbt till ytterdörren och skyndade till sin cykel i kylan. Ett par tårar rullade över hennes kinder. Marika gav den kalla vinden skulden, som fortfarande var hård och brände i ögonen. Ibland var det bra att kunna lura sig själv.

En stund senare trampade hon uppför den branta backen mot Bruderholzhospitalet. För första gången var hon glad över utmaningen att inte stiga av halvvägs upp och leda cykeln.

Marika började flämta och svettas, men hon trampade på. Den kalla luften brände som eld i hennes lungor.

Franca och hon tävlade varje dag om vem som klarade sig längst på hemvägen. Franca vann för det mesta. Hon väntade alltid triumferande på Marika, när hon andfådd nådde fram till henne. Hittills hade Marika aldrig klarat det ända upp. Franca däremot hade gjort det minst en gång i veckan. Desto mer ironiskt tycktes det Marika att hon just idag klarade det fram till hospitalet utan att behöva stiga av. Hon var tvungen att stanna till ett ögonblick och hämta andan innan hon orkade ställa in cykeln i cykelskjulet. Hon såg sig omkring. I dagsljuset var det som om hela morgonen var overklig. Marika kunde inte fatta att Franca faktiskt var död. Hon hade känslan att väninnan skulle komma runt hörnet vilket ögonblick som helst. Marika stirrade upp i den grå himlen. Inte ens idag klarade solen av att bryta igenom dimhöljet, trots att Basel egentligen brukade ha många soltimmar. Vädret var likadant som hon kände sig. Grått och trist. Marika började frysa.

Hon gick in på personalboendet och tog hissen upp till andra våningen. Med hängande axlar släpade hon sig längs med korridoren och vände om hörnet. När hon fick syn på dörren till Francas rum stannade hon som fastfrusen. Det satt gula avspärrningsremsor på den. Marika kunde inte ta ögonen från de grälla banden. Ingen dröm utan bitter verklighet.

"Marika. Vad bra att jag träffade på dig."

Marika snurrade runt och befann sig mittemot Forster. Hennes hjärta slog extraslag. Skärp dig nu och uppför dig inte som en tonåring. Franca är död – mördad, sa hon tyst till sig själv.

"Jag måste be om ursäkt igen för att vi fick bryta upp så hastigt i morse", sa Forster. "Men när jag nu har dig här kan jag ställa några frågor till."

Marikas puls slog fortare. Hon tittade snabbt runt ikring sig. Inte ett spår av Brunn. Marika kände hur lättnaden bredde ut sig inom henne. Hon hade en känsla av att hon skulle klara sig bättre ensam med Forster. Hittills hade han varit den vänligaste av dem. Än en gång kikade hon förstulet förbi Forster, för att se om Brunn ändå inte skulle dyka upp någonstans.

"Min chef var tvungen att åka till Rättsmedicinen. Till obduktionen", sa Forster, som om han hade läst hennes tankar.

Marika ryckte till och blundade. Det var klart, nu skar de upp Franca. Gick det verkligen till så som man läste i kriminalromanerna? Bara att tänka på att detta nu gjordes med Franca fick henne att må illa. Hon darrade i benen. Hon var tvungen att snabbt sätta sig någonstans. När hon öppnade ögonen igen, vilade Forsters blick på henne. Men hon kunde inte tyda hans ansiktsuttryck.

"Kan vi tala ostört nånstans?", frågade han.

"I köket kanske", fick Marika fram.

I det ögonblicket gick två sjukskötare in i köket. En av dem nickade till henne. "Marika! Är det sant det där med Franca?"

"Ja", kunde hon nätt och jämnt svara. Forsters blick rörde sig mellan sjukskötarna och Franca.

"Verkligen tråkigt", mumlade en av dem. Sedan försvann båda två in i köket. Kort därefter hörde hon hur kaffekokaren pyste.

"Jag tror inte att vi får vara ostörda i köket. Kan vi kanske gå till ditt rum?", undrade Forster.

Det hade Marika velat undvika. Nu trängde sig polisen in i hennes fristad. Normalt var det ingen utom Franca som fick gå in i hennes rum.

"Vi kunde kanske ..."

Hon avbröt sig när Forster skakade på huvudet. Hans ansikte hade ett omedgörligt uttryck. Motvilligt gick hon fram till dörren bredvid Francas rum och låste upp. När hon vände sig om, stod Forster kvar på samma ställe. Hans blick pendlade fram och tillbaka mellan hennes egen dörr och Francas. Marika skulle bra gärna ha velat veta vad som rörde sig i hans huvud. Till slut ställde han sig bredvid henne.

"Varsågod", sa Marika med hes röst och gjorde en gest med handen mot den öppna dörren. Forster var på väg att gå in i rummet, när någon ropade bakom henne: "Hallo sweetheart!"

Hon snurrade runt. Två andra sjukskötare stod i dörren till köket.

"Hörru, är det din nye kille?"

Marika kände hur hon blev röd i ansiktet. De två skrattade och gick också de in i köket.

"Han har tur. Hon är ganska kräsen", hördes det från köket.

"Jag har ju alltid sagt att du inte har nån chans. Speciellt inte nu. Mot den här killen är du rena nollan."

"Du har helt klart förlorat vadet om att vara den förste av oss som hamnade i säng med skönheten på vår våning. Förmodligen kommer jag alltid att få undra hur hon är i sängen."

Nytt skratt.

18

"Du kan ju fråga hennes nye kille."

Lägg av, era idioter, skulle Marika ha velat skrika. Det var knappt att hon kunde behärska sig.

"Du finner dig i en hel del."

Marika snurrade runt. Forster stod lutad mot dörrposten. Hon fick först inte fram ett ljud utan kunde bara rycka på axlarna. "Det är inte lönt att bli upprörd", fick hon äntligen fram och var överraskad över hur hennes röst bar.

Plötsligt blev hon medveten om hans närhet. För ett ögonblick önskade Marika att han faktiskt var hennes kille.

Hon uppbringade allt sitt mod och tittade på honom. Ett leende lekte på hans läppar. Hans ansikte hade ett uttryck som Marika inte riktigt visste hur hon skulle tyda. Tänkte han kanske samma som hon? Nej, såklart gjorde han inte det. Han hade förstås bara läst hennes tankar. Marika tyckte att situationen blev mer och mer pinsam.

Forster gick in i rummet. Marika tvekade, men rätade sedan på axlarna och följde efter honom in. Hon stängde dörren och såg på dörrhandtaget.

"Marika?"

Marika svankade med ryggen och gick fram till Forster som stod mitt i rummet och lät blicken vandra.

"Rummen är då inte särskilt stora", sa han.

"Det räcker. Och det är överkomligt. Dessutom har jag det som jag helst vill ha: eget badrum. Gemensamt kök kan jag leva med."

Forster nickade och satte sig ner på Marikas skrivbordsstol. "Sätt dig ner."

Eftersom det inte fanns någon annanstans att sitta, sjönk hon ner på sin säng som stod mittemot skrivbordet. Hon kände sig alltmer besvärad. Plötsligt tyckte Marika att det var trångt i rummet. Forsters närvaro fyllde hela utrymmet. Åsynen av honom fick det fortfarande att kittla i magtrakten. Skärp dig, förmanade hon sig själv. Forster tog fram sin anteckningsbok och mönstrade Marika en lång stund. Tystnaden drog ut på tiden och Marika kände sig alltmer obehaglig till mods. Till slut öppnade han boken.

"Har du egentligen sällskap med nån?", frågade han.

Vad har du med det att göra, tänkte Marika.

"Nej", sa hon högt.

"Och Franca?", frågade han vidare.

"Inte hon heller."

Forster nickade lätt. "Hade ni två ett förhållande?"

Marika tappade först andan.

"Vad tar du dig för friheter?", for hon sedan ut mot honom.

"Jag är ledsen, men jag måste ställa den frågan. Det handlar ju om mord." Det sista ordet var som ett knytnävsslag i magen för Marika. "Ni verkar ha stått varandra mycket nära."

"Ja, men inte så som du tror."

"Jag tror ingenting."

Det gick Marika inte på. Det hade gått sådana rykten på personalboendet, men ingen ville stå för dem. De underblåstes av att varken Marika eller Franca hade haft sällskap någon längre tid. Dessutom hade det gjorts många försök att få ihop det med någon av dem. Varje gång Marika eller Franca sade nej fick ryktena ny fart.

"Nej", tvingade Marika fram. "Vi var inte ihop, vi hade inget förhållande. Det stämmer att vi står varandra mycket nära, men inte så som du antyder, utan mer som systrar." Hon klarade att inte vika undan för Forsters blick.

"Syskon måste inte nödvändigtvis ha en god relation."

"Vi växte upp tillsammans, gick på samma dagis och sen i samma skola. Vi delade allt – både gott och mindre gott. Franca var lika hemma hos mig som jag hos henne. Vi gick genom vått och torrt tillsammans, om man säger så. Vet du, eller kan du överhuvudtaget föreställa dig hur det känns att mista sin bästa väninna på det viset?" Marikas röst darrade. Hon vände bort huvudet och tittade förbi Forster ut genom fönstret. Hon ansträngde sig att blinka bort tårarna.

Han var tyst ett ögonblick, något som hon var tacksam för. När han fortsatte med utfrågningen, bytte han ämne. "La du märke till nåt särskilt hos din väninna på senaste tiden?"

"Nåt särskilt?"

"Var hon som hon brukade eller hade hon ändrat sig?"

Marika funderade. "Hon var egentligen som vanligt. Fast, hon verkade lite, hur ska jag säga, spänd på sista tiden."

"Spänd?"

"Hon har rätt hård press på sig med examensarbetet."

"Varför det?"

"Franca var lite långsam i början och nu närmar sig deadline. Dessutom kommer hon inte överens med professor Krüger."

"På vilket sätt då?"

"Han har inga höga tankar om henne och det låter han henne märka också."

Marika insåg plötsligt att hon talade i nutid om Franca. Precis som om hon fortfarande levde. Hon svalde ner tårarna som ville komma tillbaka.

"Och ändå skriver hon sitt examensarbete för honom?" Forsters röst hade en förvånad ton. "Man kan väl välja handledare?"

Marika nickade. "Jovisst, men Franca ville absolut skriva ett arbete om vulkanologi. Och då kommer hon inte ifrån Krüger." Fortfarande nutidsform. Marika kunde inte uttrycka sig på annat sätt.

"Franca var alltså pressad. La du märke till nåt annat?"

Marika skakade på huvudet. "Hon drog sig undan ganska mycket på sista tiden. Men det är ju inte så konstigt."

"Exakt vad skrev hon om?"

"Kartering och interpretation av marina och terrestriska kvartäravlagringar, särskilt tefra, vid Palinuro i södra Italien, eller nåt sånt", svarade Marika mekaniskt.

"Förlåt?" Hans ansikte fick ett förvirrat uttryck. Det gjorde honom genast lite mer sympatisk. För första gången sedan morgonen var Marika tvungen att le.

"Kan du översätta det för en normal människa som mig?", bad Forster. Ett leende drog över hans ansikte också.

"Franca ska … skulle kartera ett område vid Palinuro …"

"Och det betyder på vanligt språk?"

"Det betyder att man gör en geologisk karta, alltså en karta över befintliga bergarter. Man kan se det som en vanlig karta, bara det att man sammanställer de bergarter man hittar på ytan och visar dem med hjälp av en karta."

"Aha."

Marika var tvungen att le igen, något som återgäldades av Forster. Genast fick hon känslan av att en flock fjärilar flög omkring i hennes mage. "I det här området finns det skärningar med tefra som Franca skulle undersöka …"

"Skärningar? Tefra?", avbröt Forster henne.

"En skärning är till exempel ett stenbrott. Där kommer bergartslagren upp till ytan. Och tefra är tuffer, alltså vulkanisk aska."

"Okej, så långt är jag med. Vad skulle Franca göra med de här tufferna?"

"Franca skulle jämföra dem geokemiskt med andra sorters aska, för att fastställa om de stammar från samma tid, samma eruption – vulkanutbrott, menar jag."

"Det låter komplicerat."

21

"Ja. Jag föredrar mina fossil."

"Det är också en fördold värld för mig. Du verkar veta mycket om Francas examensarbete."

Marika skakade på huvudet. "Nej, jag vet bara sånt som hon har berättat för mig. Jag fick också läsa den eländiga geokemin, men glömde den igen så snart jag klarat tentan, eller, Marika måste le, vi ska nog säga, när jag med nöd och näppe hade klarat den. Som sagt, mitt ämne är paleontologi."

"Var finns egentligen materialet till Francas examensarbete?"

Hon tittade förvånat på honom. "I hennes rum och på institutionen, antar jag."

"Vi har inte hittat nåt material, varken i hennes rum eller på universitetet. Med undantag för lite facklitteratur."

"Hon sparade allt i sin bärbara dator. Och den släpade hon alltid omkring på."

Forster lade pannan i djupa veck. "Vi har inte hittat nån dator heller. Inte i rummet med mikro…"

"Mikrosonden?", hjälpte Marika honom.

"Ja, just det. Där fanns det inte heller nåt."

Marika böjde sig framåt. "Fanns det inget där heller?", frågade hon misstroget. "När hon gjorde mätningar hade hon säkert med sig materialet. Hon bar omkring allthop i sin ryggsäck. Dessutom gick hon aldrig nånstans utan datorn. Och det måste ha funnits preparat också. Hur skulle hon annars kunna genomföra undersökningarna?"

"Preparat?", hakade Forster på.

"De pulvriserade preparaten med vulkaniskt glas och mineraler som hon skulle mäta."

"Nej, det fanns ingenting där. Bordet var tomt, sånär som på en kulspetspenna och kaffemuggen som du hade tagit dit. Nån väska eller ryggsäck hittade vi inte heller."

Marika funderade. Det var verkligen mycket underligt. Hon kunde inte föreställa sig att Franca skulle ha gått för att göra mätningar utan material. När hon hade hittat Franca, hade hon inte heller sett något. Eller det var snarare så att hon inte hade tänkt på om väskan och annat material funnits där. Hon blundade. Nej, hon kunde inte minnas det. Men hon hade ju varit helt koncentrerad på väninnan.

"Är det så att du antyder att hennes examensarbete är försvunnet?" En knut bildades i magtrakten.

"Det ser så ut." Det fanns en plötslig skärpa i Forsters röst. "Och jag vill fråga dig om du har en aning om var sakerna kan vara." Hans leende ansikte hade blivit oväntat hårt. Hade han plötsligt påmint sig att de inte satt här för en trevlig pratstund, utan att han hade ett mord att utreda?"

3

Marika vaknade med ett ryck och satte sig käpprakt upp. Hjärtat slog i halsgropen. Det var mörkt och lugnt. Hon undrade vad det var som hade skrämt henne så och sjönk sakta tillbaka ner på kudden. Sedan hörde hon ett ljud. Marika satte sig upp igen. Kom det möjligen från Francas rum? Omöjligt! Men hon hörde tydliga steg. På senare tid hade hon alltid hört när väninnan hade gått av och an i rummet bredvid. Det var visserligen inte lytt på personalboendet, men på natten när allt var tyst kunde man höra när någon gick i de angränsande rummen. Marika skakade på huvudet. Antagligen var det bara inbillning, eftersom hon hade blivit van att höra Francas nattliga vandringar och nu hörde dem automatiskt. Hon skulle just sjunka ner i kuddarna igen när något föll i golvet i rummet intill. Det måste verkligen vara någon där! Marika höll andan. En dörr som klickade. Därefter steg igen, som långsamt avlägsnade sig utmed korridoren.

Marika stönade till och dunsade ner i sängen igen. Hennes fantasi skenade iväg med henne. Ljudet hade inte alls kommit från väninnans rum. Det måste vara någon i sjukhuspersonalen som hade kommit tillbaka från sitt pass. Marika hade ofta hört tysta steg och mumlande röster på natten. Hon blundade och försökte sova. Men det var det inte tal om längre. Gång på gång såg hon för sin inre syn den mördade Franca där hon satt framför mikrosonden. När Marika hade legat och vänt sig en stund kastade hon en blick på de självlysande siffrorna på väckarklockan. Lite över fem. Hon suckade och gned sig vid tinningarna. Hon kände sig helt mörbultad. Men sova vidare skulle hon inte kunna. Då kunde hon lika bra stiga upp, åka till institutionen och skriva på sin doktorsavhandling. Det var åtminstone meningsfullt och skulle förhoppningsvis få henne på andra tankar. Marika slog tillbaka täcket och trevade sig fram till badrummet i mörkret.

Hon tände ljuset, gled in under duschen och lät den heta strålen strömma ner över huvudet. Men duschen piggade inte alls upp henne. Marika gnuggade håret och svepte badhandduken om sig. När hon såg sin spegelbild ryggade hon bakåt. Hon såg ju förfärlig ut. Även om hon tvivlade på att det skulle hjälpa med makeup, tog hon sminket. Efter tjugo minuter lämnade hon badrummet, utan att vara speciellt nöjd med resultatet av sina ansträngningar. Hon kastade en blick på klockan. Den hade hunnit bli sex. Hon undrade med en suck hur hon skulle komma igenom dagen. Marika bestämde sig för att köpa kaffe och ett chokladscones på vägen. Det var förstås inte så nyttigt som hennes müsli, men hon behövde något sött. Hon smög ut i korridoren där det inte fanns en människa och gick i riktning mot hissen. När hon nätt och jämnt hade passerat Francas rum, stannade hon upp och tittade tillbaka. Ja, faktiskt. Hon hade inte tagit fel. Dörren till rummet stod öppen en springa. Marikas hjärta började slå fortare. Hade det inte varit för de halvt nerrivna avspärrningsbanden var det nästan precis som förr när Franca alltid lät dörren till sitt rum stå på glänt när hon bara skulle hämta något i köket. Marika stod kvar utan att veta vad hon skulle göra. Sedan rätade hon på sig och sköt upp dörren helt.

"Hallå? Franca?" Uppför dig inte som en idiot, skällde hon på sig själv. Du vet mycket väl att Franca inte är där. Aldrig mer kommer att vara där. Tårarna steg i ögonen på henne. Förargad över sig själv trevade hon efter strömbrytaren. Strax därpå badade Francas rum i grällt ljus – och då syntes också kaoset.

Ett kvävt ljud kom över Marikas läppar. Hon pressade handen mot munnen. Utan att fatta stirrade hon på röran. Tveksamt gick hon ytterligare några steg längre in. Garderoberna och skrivbordslådorna var vidöppna. Kläder, böcker och mycket annat låg utslängt över golvet. Det såg ut som om vandaler hade dragit fram. Hade polisen verkligen lämnat ett sådant kaos efter sig när de hade undersökt Francas rum? Marika trodde sig veta att allt brukade återställas. Ilskan steg inom henne. Hon skulle allt säga vad hon tyckte till den där arrogante Brunn och hans medhjälpare Forster!

"O, ser man på!"

Marika svängde runt. Bakom henne i dörren stod Bernd, en av de sjukskötare på hospitalet som bodde på samma våning. Hans ansikte antog ett självsäkert uttryck. Just han! Han tålde inte Marika och Franca, men det var ömsesidigt.

"Det var ju intressant – tagen på bar gärning!"

"Förlåt?"

"Var inte så skenhelig. Medge att jag överraskade dig."

"Överraskade? Hurså?"

"Så vi gör oss dumma också. Jag tror att det kommer att intressera polisen att jag ertappade dig när du letade igenom rummet."

"Dörren stod öppen och jag tittade bara efter varför det var så."

"Så nu kallar vi det så." Han flinade. "Jag föreslår att du väntar här. Det är ändå inte lönt att sticka."

"En gång till, vad hade du i rummet att göra?" Brunn böjde sig fram och stirrade omedgörligt på Marika. Ljuset speglade sig i hans glasögon. Marika lade märke till att han hade glömt att raka överläppen.

"Som jag redan sagt till din kollega, så stod dörren öppen och jag tittade bara efter."

Förtvivlan bredde ut sig. Varför trodde ingen på henne? Marika tittade mot Forster som satt bredvid Brunn på dennes kontor. Men från honom var ingen hjälp att vänta. Forster var sysselsatt med att anteckna varje ord som sades.

"Vi har hittat dina fingeravtryck i rummet."

"Det är klart ni har. Jag var ju ofta i rummet."

"Som i morse? Återigen, vad letade du efter?"

"Ingenting."

"Du blev ertappad på bar gärning när du höll på att leta."

"Det blev jag inte. Jag ..."

"Det är vad Bernd Gretzer säger."

"Han ljuger!" Han tål mig inte och letar efter en anledning att ge sig på mig."

Brunn gjorde en grimas. "Han tål dig inte? Du tål tydligen inte honom heller. Efter hans vittnesmål skulle jag inte göra det i ditt ställe heller."

Marika fnös. "Det är ömsesidigt!" Brunn log självbelåtet. Hon tog ett djupt andetag. "Okej, om du nu absolut vill veta det." Brunns ansikte fick ett belåtet uttryck som dock försvann snabbt igen, eftersom han inte fick höra det som han uppenbarligen hade hoppats på. "Bernd Gretzer har försökt få ihop det med mig. Upprepade gånger. Men jag har nobbat honom varje gång. Till slut fick han väl nog. Sedan dess försöker han alltid ge sig på mig, så snart han kan."

"Ert bråk på personalboendet intresserar mig inte." Brunn lutade sig tillbaka och lade armarna i kors framför bröstet. Marika kunde inte urskilja uttrycket i hans ögon, eftersom ljuset från taklampan fortfarande speglade sig i hans glasögon.

"Det enda som intresserar mig är det faktum att han ertappade dig när du sökte igenom Franca Cavallis saker."

"Jag letade inte igenom nåt. Han ljuger när han påstår det."

"Han ljuger alltså när han säger att han hittade dig i Franca Cavallis rum?"

"Det stämmer att jag stod mitt i rummet."

"Vad letade du efter?"

"Inget! Jag rörde inte vid nånting, och rotade absolut inte igenom nåt."

"När du fick höra att Franca Cavallis examensarbete var försvunnet, var du tvungen att leta efter det."

"Nej! Varför skulle jag det?"

"Hade det nåt med ert gräl att göra?"

"Vilket gräl?", frågade Marika förvirrat.

Brunns ögonbryn sköt i höjden. "Nekar du till att du grälade med Franca Cavalli på söndagkvällen?" Marika blundade ett ögonblick. "Enligt vittnesmål var ni rejält i luven på varandra?"

"Vem säger det? Bernd Gretzer?"

Brunn svarade inte.

"Ja, vi var oense om en sak."

"Tydligen ganska högljutt", svarade Brunn. "Det ska ha förekommit ofta har vi fått höra från flera håll."

Förekommit ofta? Flera håll? Det blev tjockt i halsen. Marika kände det som om hon inte fick luft längre.

"Det stämmer inte. Det var bara i söndags kväll vi bråkade." Brunns ögonbryn åkte i höjden.

"Och bråka kan man inte kalla det heller. Som jag sa så var det en sak vi inte var överens om. Så är det ju för alla ibland."

Han lutade huvudet åt sidan. "Varför undanhöll du oss det?"

"Jag tänkte inte på det och dessutom var det inte viktigt."

"Jaså? Låt oss avgöra det. I en mordrättegång är allt viktigt."

Marika lutade huvudet lätt bakåt och stirrade upp i taket.

"Jag lyssnar", hörde hon efter en stund Brunns skarpa röst.

"Jag sa bara till Franca att jag fortfarande inte kunde fatta varför hon utsätter sig för detta och absolut vill få igenom sitt examensarbete."

Och då hade Franca exploderat. Hon gjorde full rättvisa åt sitt italienska temperament och blev lätt upprörad. Lika fort brukade hon lugna ner sig igen. Men pressen hon hade på sig ledde till att hon reagerade häftigare än annars.

"Du är bara avundsjuk", hade hon skrikit åt Marika. Och sedan hade hon fortsatt med att slänga anklagelser över henne. Marika hade försökt hålla sig lugn och efter en stund hade Franca lugnat sig igen. Kort därefter hade Marika lämnat rummet. Hon hade inte mött någon i korridoren. Vem var det alltså som hade tjuvlyssnat på Francas utbrott? Bernd Gretzer? Ja, det måste ha varit han. På måndagen hade hon bara träffat sin väninna helt kort och på tisdagmorgonen var hon död. Det var självklart hur det måste se ut.

Brunn hade böjt lätt på huvudet och tittade uppmärksamt på Marika när hon var klar med sin redogörelse för grälet. "Vad är det du inte talar om för oss?"

"Inget. Det var allt."

"Och de andra gångerna?"

"Det var inga andra gånger."

Han trummade med fingrarna mot skrivbordet. Hans min gick att läsa som en bok i det här ögonblicket. Det var helt klart vad han tänkte. Marika undrade förtvivlat vad hon skulle göra för att få honom att tro henne. Och vad hade Bernd Gretzer berättat för honom? Det måste vara han. Och vem var de andra? Vad var det som gjorde deras vittnesmål så trovärdiga att Brunn hellre trodde på dem än på henne? Han hade varit misstänksam mot henne redan från början. Hon kunde inte förklara skälet till det. Rädslan snörde samman Marikas strupe. Vem annars kunde vara intresserad av att hon anklagades för mordet på väninnan?

"Det var verkligen bara en bagatell", bedyrade hon och var medveten om hur tunt det lät.

"Bara en bagatell? Det måste ha rört sig om nåt mer och vi är verkligen intresserade av vad det är du döljer för oss. Och varför." Marika skulle till att svara, men Brunn klippte av henne med en häftig gest. "Intressant att din väninna hittas död en dag senare", sa han. "Avundsjuka är ofta med i spelet vid mord." Undertonen i hans röst fick det att gå kalla kårar utmed Marikas rygg. "Avlägsnade du materialet från mikrosondrummet efter att du hade strypt Franca Cavalli?"

"Nej! Det var inte jag som … ströp?" Marika började andas häftigare. "Blev hon strypt?!", ropade hon. Den röda strimman runt halsen! Lugn, manade hon sig själv.

"Det borde du veta bäst! Dina fingeravtryck hittades i rummet där apparaten står."

"Ja, det är klart. Jag var ju därinne för att ge henne kaffe."

"Det är ett bra trick med kaffe. Nästan så att det lyckades. Vad använde du? Ett rep? En metalltråd? Var fick du det du använde ifrån? Och var är det nu?"

"Jag har inte dödat min väninna!"

Brunn böjde sig framåt och lade båda händerna på bordet. Nu speglade sig inte lampan i glasögonen längre. Marika kunde nu urskilja uttrycket i hans ögon och blev förskräckt. Som ett rovdjur, precis berett att anfalla sitt byte.

"Helst skulle jag vilja behålla dig här. Men jag har tyvärr inga bevis, som skulle rättfärdiga nåt sånt. Förr eller senare kommer du att begå ett fel. Det är jag säker på." Han vände sig till Forster. "Simon, var vänlig och kör Marika hem och titta efter en gång till i hennes rum, om du inte av en slump hittar Franca Cavallis material där. Om hon inte samarbetar, lägger vi in om husrannsakan."

Marika lät återigen blicken omärkligt glida runt i Forsters bil och for med handen över den svarta läderklädseln. Forster tycktes inte märka något av detta. Han växlade ner och svängde in till höger. Därefter satte han upp farten igen. En sådan bil!

De satt i Forsters mörkblå Maserati Coupé. Marika funderade på om en polis verkligen tjänade tillräckligt för att ha råd med en sådan flott bil. Även som tjänstebil tyckte hon att den var alldeles för elegant. Men Marika fick ändå tillstå för sig själv att hon gillade bilen. Även om den luktade pengar, gjorde den ett enkelt och stiligt intryck. Hon sneglade förstulet på hastighetsmätaren. Vägmätaren undertill visade på knappt tusen mil. Hur mycket kostade en sådan bil? Säkert över 100 000 schweizerfranc. Marika tänkte på sin gamla VW Polo, som för närvarande stod hos hennes föräldrar i Aarau.

"Var kan jag ställa bilen?"

Marika ryckte till. Hittills hade de suttit tysta under färden. Forster gjorde en rörelse med handen mot gatan.

"Där framme är det tillåtet att parkera."

Polismannen nickade och vred in på den sidogata som Marika hade pekat på. Han parkerade och tog fram parkeringsskivan. Sedan gjorde han tecken med huvudet åt Marika att stiga ur.

Väl ute slog den kalla vinden emot henne som en pisksnärt. Marika drog jackan tätare om sig och tittade upp mot himlen. Även idag låg den höga dimman kvar som en kupa över Basel. Det gråa passade till hennes sinnesstämning.

29

Forster ställde sig bredvid henne och sedan gick de under tystnad fram till byggnaden som var personalboendet. Marika letade fram nyckeln, när Bernd Gretzer sköt upp dörren. Hans blick pendlade mellan Marika och Forster. Ett flin drog över hans ansikte. Men han var slug nog att inte göra någon kommentar i Forsters närvaro. Marika drog efter andan för att säga till honom vad hon tyckte, men struntade sedan i det. Det ledde inte till något.

Forster höll upp dörren för henne. Marika undvek hans ögon som mönstrade henne och skyndade mot hissarna. I det trånga utrymmet i hissen blev hon bara alltför medveten om polisens närvaro. Hans axel rörde lätt vid hennes. Hennes hjärta slog snabbare. Hade de mötts under andra omständigheter hade det kanske blivit något. Men nu ... Han var hennes fiende. Marika blev förskräckt. Hur tänkte hon egentligen?

Hissen stannade ryckigt och dörrarna gick isär. Forster visade med handen att hon skulle gå först. Väl framme vid hennes rum satte Marika nyckeln i låset. När hon vred om den, gick dörren upp av sig själv. Marika blev häpen. Hade hon inte låst? Hon tyckte sig minnas att hon hade stängt i dörren ordentligt och vridit om nyckeln två gånger. I motsats till Franca lämnade hon aldrig dörren på glänt, inte heller när hon gick ett ärende till köket. Hon sköt upp dörren med en obehaglig känsla i maggropen. När hon kom in i sitt rum skrek hon till. Det rådde fullständigt kaos. Hon tog ett steg tillbaka, snubblade och stötte ihop med Forster.

"Igår var det ordentligare här", sa han. Marika for runt och tänkte ge ett snipigt svar. Men han hade vänt sig bort och tagit fram sin mobil. "Fritz, det är jag. Jag behöver en kriminaltekniker."

För andra gången den här dagen satt Marika mittemot de båda tjänstemännen på Brunns kontor.

"Ta det från början en gång till. Du påstår att det var ordning i rummet när du lämnade det i morse."

"Ja."

"Du kan lugnt erkänna om det inte var iordning plockat. Det är inget att skämmas över. Det är många som är extremt slarviga. Rörepåsar kallar man dem."

Marika knöt händerna i knät. "Jag är visserligen inte ordningen personifierad, men sånt kaos har jag inte. Fråga honom!" Hon visade på Forster. Varför intygade han det inte och kom till hennes hjälp? "Han såg ju faktiskt mitt rum igår så som det brukar se ut!" Hetsa inte upp dig, befallde hon sig själv. Det är precis det han vill uppnå.

Forster som antecknade smålog. Det gjorde Marika nästan rasande att han inte intygade det hon sa. Hon skulle helst ha skrikit åt honom.

"Hur förklarar du kaoset som min kollega och du fann?"

"Nån har varit i mitt rum och sökt efter nåt."

"Vad då efter, om jag får fråga?" Återigen fick hans ansikte det självbelåtna uttryck som Marika börjat hata.

"Hur ska jag kunna veta det? Francas examensarbete ..." Marika blev genast medveten om att hon hade begått ett fel. Brunn lutade sig framåt. Ljuset från lysrören speglade sig i hans glasögon, så att Marika inte kunde urskilja uttrycket i hans ögon. Ändå hade hon känslan av att temperaturen i rummet hade sjunkit med ett par grader.

"Hur fick du den idén?" Hans röst lät neutral. "Var det ändå så att arbetet befann sig i ditt rum och att du envist har dolt det?"

"Nej, det fanns aldrig i mitt rum! Jag är Francas vän. De letade efter arbetet hos henne utan att hitta det. Därför försökte de hos mig nu."

"Intressant teori, men tyvärr ganska långsökt. Jag ska tala om för dig hur det förmodligen förhöll sig: Du stökar till i ditt rum så att man får precis det intrycket, ifall något skulle gå snett. Och snett har det gått. Bernd Gretzer ertappade dig när du sökte igenom Francas rum." Marika drog efter andan, men Brunn lyfte handen och klippte av henne. "Intressant att det inte finns några andra fingeravtryck än dina i ditt rum. Med inga andra menar jag att det heller inte finns några från din väninna."

"Det var länge sen hon var hos mig. Och jag städar då och då." Det ryckte i Forsters mungipor. Men han tittade inte upp. Marika skulle mer än gärna ha hoppat upp och skakat honom.

"Även i såna fall hittar man ett fingeravtryck nånstans. Och vad menar du med 'det var länge sen hon var hos mig'? Kan du precisera det bättre?"

"Det är säkert en månad sen."

"Men du var i Francas rum?"

"Jag var hos henne på söndagkvällen. Jag ville övertala henne att göra en paus. Men hon sa att hon inte ville bli störd."

"Ja, just det. Er lilla meningsskiljaktighet."

Inte nu igen, tänkte Marika. Men Brunn gick inte in på det mer den här gången.

"Och vad gjorde Franca vid den tidpunkten?"

"Hon läste en bok om den kemiska sammansättningen hos vulkaniska bergarter i Syditalien."

"Bokens titel?", undrade Brunn.

Marika blundade. "Nånting med quarternary ... mediteranean area ..." Hon öppnade ögonen igen och tittade hjälplöst på Brunn. "Jag kan inte komma ihåg riktigt. Jag kunde ju faktiskt inte ana att jag skulle behöva redogöra för varenda detalj." Polismannen höll ögonbrynen lätt lyfta.

"Simon, har vi hittat nån sån bok?"

Forster bläddrade tillbaka några sidor i sin anteckningsbok och skakade på huvudet. "Det finns en massa böcker."

Han suckade och sköt fram sina anteckningar till Marika. Hon tvekade. När han nickade åt henne, tog hon anteckningsboken och betraktade den yviga handskriften. Den liknade en läkarhandstil men var betydligt lättare att läsa. Hon följde listan med fingret. "Det måste ha varit den här. Quarternary Tephrochronolgy in The Mediterranean Region. Men jag tänkte verkligen inte så mycket på vad Franca höll på att läsa."

Hon räckte tillbaka boken till Forster, men höll kvar pekfingret på raden. När polisen tog tag i anteckningsboken rörde hans fingrar ett ögonblick vid hennes. Beröringen fick det att gå som en elektrisk stöt genom kroppen på henne och den efterlämnade ett behagligt pirrande. Hur skulle hon göra för att hålla tillbaka sådana reaktioner på honom?

"Jag tycker ändå det är konstigt att man inte kan hitta några andra fingeravtryck i ditt rum när du säger att nån har letat igenom det."

"Då hade denne någon väl handskar på sig", utbrast Marika. Hon kunde inte hindra att hennes röst lät ilsken. "Hur inbrottstjuvar går tillväga kan man läsa om i vilken kriminalroman som helst."

Forsters blick såg road ut. Men Brunn tyckte att hennes kommentar var mindre rolig. "I ditt ställe skulle jag vara försiktigare. Det roliga kommer att ta slut." Han lutade sig framåt och blåste ut luft. Cigarrettlukt svepte över till Marika. "Nu slutar vi med det här spexet. Det skulle vara det bästa för oss båda." Hans ögon blev till smala springor. "Håller du på med nåt fuffens? Hade det med examensarbetet att göra? Ville du få över Franca på din sida och så vägrade hon och därför

bråkade ni? Vem gav dig uppdraget? Mördade du Franca själv? Eller skulle du bara stjäla arbetet? Och varför?"
Marika flög tillbaka. Frågorna duggade över henne som ett kulregn.
"Allt det där är inte sant!"
"Ville du hoppa av eller utövar dina uppdragsgivare utpressning mot dig? Vad är det som är så hett med det här arbetet att det är lönt?"
"Det stämmer inte!" Förtvivlan var på väg att ta överhanden.
"Hur mycket skulle du få? Hur många är inblandade i affären?" Marika slog händerna för ansiktet. "Var har du gömt materialet till examensarbetet?"
"Jag har det inte!" Hon kunde nästa inte få luft längre.
Tystnaden bredde ut sig i rummet. Forster hade slutat skriva. Hans blick vilade också på henne.
"Okej. Du vill inte samarbeta. Du bestämmer. Du är och förblir misstänkt för att ha dödat Franca Cavalli. Och jag kommer att hitta bevis för det till slut." Brunn lade händerna på bordet och reste sig. "Du kan inte återvända till ditt rum för ögonblicket."
"Var ska jag då bo?"
"Det är ditt problem och inte mitt. Lämna en adress där vi kan nå dig." Brunn lämnade rummet. Marika stödde armbågarna mot bordet och lutade huvudet i händerna. Ett prasslande ljud fick henne att titta upp. Forster satt kvar på stolen och såg oavvänt på henne.
"Kan du få bo hos några vänner?"
Marika ryckte på axlarna. Sedan skakade hon på huvudet. "Jag åker hem till mina föräldrar, om jag får."
"Var bor dina föräldrar?"
"I Aarau", svarade hon.
Forster lade armarna i kors framför bröstet. "Och hur går det då med ditt jobb på Paleontologi?"
"För det första kan jag pendla. Och dessutom har professor Finn erbjudit mig att ta ledigt om jag behöver. Och jag tror att jag behöver det nu."
"Då så. Skriv ner din adress och ditt telefonnummer, så att vi kan nå dig." Han sköt fram en notislapp till Marika.

4

Tåget stannade i Aarau. Marika steg av och drog jackan tätare om axlarna. Brisen, den kalla nordanvinden, blåste mycket hårdare här än i Basel. Hon hade också en känsla av att den höga dimman var mycket tjockare. Inte ens mitt på dagen verkade det bli riktigt ljust. Med hängande huvud drog hon sig bort mot busshållplatsen. Som tur var behövde hon inte vänta länge och steg lättat på. Inne i bussen var det varmt.

Bussen slingrade sig fram genom stan. Marika stirrade ut genom fönstret, men tog inte in någonting. Hon höll på att missa sin hållplats. Det var nätt och jämnt att hon märkte det i tid. Hon väntade tills bussen hade startat igen och gick över gatan. Efter några meter tog hon av till vänster. Hon stannade framför sitt föräldrahem. Allt såg likadant ut som före Francas död. Vad hade hon egentligen väntat sig? I det ögonblicket öppnades ytterdörren och hennes mamma skyndade emot henne.

"Kära barn, så du är redan här." Hon slöt Marika i sin famn. "Kom in, ute är det verkligen inte skönt." Hon lade armen om hennes axlar och ledde henne in i huset. Väl inne kramade hon om sin dotter en gång till. Marika ställde ifrån sig ryggsäcken, klamrade sig fast vid sin mamma och brast i gråt. Mamman sa ingenting utan strök varligt med handen över hennes rygg. Efter en stund lyfte hon huvudet.

"Vill du prata?", frågade hon.

Marika skakade på huvudet. "Jag vill vara ensam." Hon tog ett steg mot trappan, men hejdade sig när hon fick syn på en liten hög med brev på skoskåpet som stod i hallen.

"Post till dig. Barn lilla, du har ju blivit ännu magrare." Det fanns ogillande i hennes röst. Marika tittade ner på sig själv. Hon hade alltid varit mycket smal. Hennes mamma bemödade sig alltid om att se till att hon åt tillräckligt. Ändå hade Marika normalt god aptit. Hon hörde till de människor som kunde äta mycket utan att gå upp. I total motsats till Franca, som alltid kämpade med att inte gå upp ett endaste gram.

"Äter du inte tillräckligt?"

"Jo." Det var lögn nu. Marika hade inte känt sig speciellt hungrig de senaste dagarna. Stressen hade gjort sitt till, för nu märkte hon hur stora hennes byxor hade blivit.

"Det är bra att du är här. Då kan jag i alla fall hålla ett öga på det."

Marika svarade inte. Hon tog högen med brev och ryggsäcken och släpade sig uppför trappan. Hon öppnade dörren till sitt rum. Hennes föräldrar hade låtit hennes och hennes brors rum stå som de var. David och hon hade elakt sagt till varandra att de undrade om föräldrarna hyste förhoppningar om att de skulle flytta hem igen. Men nu var Marika glad över det. Åtminstone något som var beständigt. Och det var en sak som hon behövde allra mest för ögonblicket.

Marika slängde breven på sängen, släppte ner jackan bredvid och satte sig på kanten. Ett större kuvert gled ut ur högen och föll ner på golvet. Marika lät det ligga där och slog händerna för ansiktet. Hon tog långsamma andetag. Det kändes gott att vara hemma och att inte längre vara ensam. Hennes blick föll på kuvertet som låg på golvet. Hon böjde sig ner och tänkte lägga det till sidan med de andra breven, när texten fångade hennes uppmärksamhet. Francas handstil! Marika granskade chockad kuvertet. Hur var det möjligt? Hon undersökte det noggrannare. Det hade skickats från Basel på måndagen. På måndagen! På kvällen hade Franca mördats. Marika slet upp kuvertet med darriga händer. Ut kom en cd, som hade en post-it fäst på sig.

"Om något händer mig. Franca", stod det på den.

Skriket fastnade i Marikas strupe. Hon stirrade på orden en gång till. Hennes händer var plötsligt våta av svett. Tveksamt drog hon av lappen och vände på den. Det var inget mer skrivet på den. Hon såg på de hastigt ditkrafsade orden.

Hon reste sig mekaniskt och tog fram sin laptop ur ryggsäcken. Innan hon åkte till Aarau hade hon hämtat den på institutionen. Forster hade lämnat in den där efter att polisen hade undersökt den. Marika satte sig vid skrivbordet och startade datorn. Hon kunde inte ta blicken från cd:n under tiden hon väntade. Hon måste informera polisen. Nej, först ville Marika se efter vad som fanns på den. När datorn hade startat lade hon in skivan i cd-facket. Hon lyssnade med bultande hjärta till surrandet som genast satte igång. Kort därpå kom en liten ruta upp. Hon tryckte okej och då öppnades Explorer. Marika svalde när hon granskade filerna. Det var Francas examensarbete! Hon klickade på det första Worddokumentet. Titeln som blev synlig på skärmen bekräftade hennes antagande. Marika sjönk ihop mot ryggen på skrivbordsstolen. Hon stirrade hypnotiserat på skärmen. Tårarna steg i ögonen. Hade Franca verkligen blivit mördad för sitt examensarbetes skull? Omöjligt! Visserligen fanns det inga spår av arbetet, om man fick tro poliserna. Och nu hade väninnan skickat Marika en cd kort före sin död. Vad var det som var så brännande med ämnet att någon mördade en student? Var det när allt kom omkring Krüger själv som gjort det? Hon skakade på huvudet. Även om han var en katastrof som människa, trodde hon honom inte om något sådant. Tårarna rann nu utan hejd över hennes kinder. Marika lade armarna på bordet och lät huvudet sjunka ner på dem.

Hon kunde inte med bästa vilja föreställa sig att mordet på Franca hade med examensarbetet att göra. Å andra sidan fanns meddelandet där. Och var fanns originalarbetet nu? Varför fanns det inte något annat än den här cd:n? Om man fick tro polisen existerade inte minsta anteckning. Mordet hade begåtts på institutionen. Vem kunde ha intresse av att döda Franca? Hon måste underrätta Forster och Brunn, men hon skyggade inför det steget.

"Maten är klar", hördes hennes mammas röst nerifrån.

Marika rätade på sig och fällde beslutsamt ner skärmen. Först måste hon se efter vad det fanns för ledtrådar i examensarbetet, innan hon lämnade över cd:n till poliserna. Annars skulle Brunn bara känna att han fick sitt antagande bekräftat att Marika var inblandad i det hela. För honom skulle det inte spela någon roll hur arbetet hade hamnat i Marikas händer. Den skulle bara utgöra ett bevis på att hon var skyldig.

"Marika!" Det var hennes mamma igen.

"Ja, jag kommer."

5

Marika kvävde en gäspning och lyfte kaffekoppen som hennes mamma precis kommit med. Hon hade läst i Francas examensarbete nästan hela natten. Väninnan hade varit nästan helt färdig. Det var egentligen bara mikrosondanalyserna kvar. Någon som helst orsak till Francas död hade hon inte funnit. Det var ett helt vanligt vetenskapligt arbete. Så här kunde hon inte komma till Brunn och Forster. Hon behövde bevis. Annars skulle hon gå raka vägen i fängelse. Marika gned tinningarna. En bultande huvudvärk var i antågande. Hon tittade ner och hennes blick föll på post-itlappen.

"Vad är det du vill säga mig, Franca?", mumlade hon. Emellanåt hade hon öppnat tabellerna med kemiska analyser, men stängt dem med detsamma igen. Det var för länge sedan. Marika hade varit glad när hon hade lagt den delen av utbildningen bakom sig. När alla tentor var avklarade hade hon genast glömt allt det där. Hon hade ofta frågat Franca hur man frivilligt kunde utsätta sig för den eländiga kemin. Därför hade hon hoppats på att hitta en ledtråd i den skrivna texten, något som hittills inte hade lyckats. Hon måste ha missat någonting. Examensarbetet hade med Francas död att göra. Det var Marika bergsäker på vid det här laget. Varför skulle annars väninnan ha skickat henne alltihop strax före sin död. Men var hade Franca gömt ledtråden?

Marika märkte att hon fortfarande stirrade på post-itlappen. Med plötslig beslutsamhet lade hon in den i cdfodralet och stängde detta. Sedan skrev hon "Material till övningstimmar i paleontologi, termin 2" utanpå fodralet. Man kunde ju aldrig veta! Cd:n tänkte hon lämna i datorn. Där skulle polisen säkert inte titta för de hade redan undersökt den.

I det ögonblicket knackade det på dörren och hennes mamma stack in huvudet. "Ett par herrar, Brunn och Forster, är här och vill tala med dig."

Marika slöt ögonen ett ögonblick. När man tänkte på trollen … Kunde de inte lämna henne i fred? Hon hade hoppats att hon hade kommit undan dem för ett tag i Aarau. Men nej, de gjorde sig till och med det här omaket. Hon reste sig tungt och fällde ner locket på datorn.

När Marika kom in i vardagsrummet, stod båda poliserna framför brasan och tittade på lågorna. De vände sig om när de märkte Marika.

"Du är verkligen här", sa Brunn i stället för att hälsa.

Marika lade armarna i kors. "Var skulle jag annars vara?" Hade de två bara kommit till Aarau för att kontrollera henne? Marikas mamma kom med en bricka med kaffekoppar, mjölk och socker. Hon ställde alltihop på matrumsbordet och lämnade rummet med tom bricka.

"Vänta", ropade Marika och skyndade sig efter sin mamma utan att bry sig om de blickar som Forster och Brunn växlade. Ute i köket lade mamman just upp nybakade kakor på ett fat.

"Det där behöver du inte göra", ropade Marika upprört.

"Det är bara vanlig hövlighet", svarade hennes mamma.

"De där två är inte artiga mot mig!"

"De gör bara sitt jobb."

"Jaså? De misstänker mig i stället för att utföra sitt arbete!"

"Men, lilla barn! Jag vet att det inte är lätt för dig, men ..."

"Inga men!", klippte Marika av. Mamman skakade bara lätt på huvudet och tryckte Marikas axel.

"Och ge dem nåt att äta behöver du inte heller göra, såvida du inte har rört ner laxermedel i degen."

"Marika!" Hennes blick var förebrående. Hon skakade på huvudet igen och bar in fatet i vardagsrummet.

Marika stirrade ilsket efter henne. Hon väntade tills hon hade lugnat sig någorlunda och följde sedan efter sin mamma.

Brunn och Forster satt vid bordet och Forster höll redan en kaka i handen. Under tiden hade Marikas bror David sällat sig till dem och han tog nu en kaffekopp. Som kafferep, tänkte Marika. Ilskan flammade upp igen.

"Ska jag ta fram nåt mer? Är det kanske nån som vill ha te?"

"Nej, tack så mycket", sa Brunn. "Nu är det bara din man som saknas."

"Han är på tjänsteresa i Österrike för närvarande. Beklagar."

"Det är okej. Varsågod och sitt."

Marika gled motvilligt ner på en stol mittemot Forster. Hennes mamma skickade runt socker och mjölk.

"Marika", började Brunn, "du kan återvända till ditt rum på personalboendet. Jag skulle uppskatta om du kom tillbaka till Basel i morgon och inte lämnade stan den närmsta tiden."

Marika tänkte ge ett kaxigt svar, när hon kände att David tryckte hennes arm. Han skakade lätt på huvudet.

"David, kände du Franca Cavalli?", började Brunn utfrågningen och fäste blicken på Marikas bror.

"Visst", svarade David. "Under skoltiden hängde min syster och hon jämt ihop. Antingen var de hos oss eller hos Franca. Det avtog, när de båda flyttade till Basel, och det är ju naturligt eftersom de inte var så mycket i Aarau längre."

"Vad för sorts person var Franca Cavalli?"

"Hon har hjärtat på rätta stället. Jag tycker om henne." David pratade i nutid om Franca, lade Marika märke till. Det tycktes inte ha undgått poliserna heller, för de växlade en hastig blick.

"Du hade alltså känt henne länge?"

"Franca har alltid funnits, så långt tillbaka jag kan minnas. Hon hör mer eller mindre till familjen. Det är inte för inte som de båda kallas för tvillingarna från Aarau vid universitetet i Basel."

"Tvillingarna?", sköt Forster in. Det gick inte att ta fel på förvåningen i hans röst.

"De båda är visserligen inte lika varandra till utseendet, men absolut till sättet. Jag är glad att min syster har – hade – en sån vän." Marika böjde ner huvudet och försökte hålla tillbaka tårarna. David tryckte hastigt hennes hand. "Jag är lessen, syrran min, men jag måste svara på de här frågorna."

Marika nickade men fortsatte att hålla huvudet nerböjt. David räckte henne en pappersnäsduk som Marika torkade ögonen med. När hon tittade upp igen, mötte Forster hennes blick. Hon vek snabbt undan.

"När såg du Franca Cavalli sista gången?", undrade Brunn.

David drog djupt efter andan. "Det var för två veckor sen. Marika och Franca kommer hem över veckoslutet en gång i månaden. Franca tittade in en gång."

"Vad fick du för intryck av henne?"

"Hon verkade stressad, men hon var ju också mitt uppe i sitt examensarbete. Efter vad Marika har berättat låg hon ganska mycket efter."

"Vad fick du för känsla av hur förhållandet mellan din syster och Franca Cavalli var under veckoslutet?" David gav Marika en snabb blick från sidan.

"Hjärtligt som vanligt. Min syster var orolig för att Franca gick för långt med sitt examensarbete. 'Franca är nära att bryta samman', sa hon."

Brunn tuggade på underläppen och Forster som antecknade lyfte då och då på huvudet och tittade varje gång med samma forskande blick på Marika. Det var som om han hade velat läsa hennes tankar. Marika var tvungen att titta bort när han såg på henne, för hennes hjärta tog ett skutt. Det började bli dags att tygla tonårskänslorna för Forster.

"Det stämmer mer eller mindre överens med de upplysningar vi har fått av din mamma, David. Hade du ingen känsla av att de hade en fnurra på tråden?"

David skakade på huvudet. "Tvärtom, Marika gjorde allt för att hjälpa Franca."

"Allt?" Marika kunde inte förklara varför hon kände det som om den frågan var dubbelbottnad. "Och vad tyckte Franca Cavalli om så mycket hjälp?" Det kom en lätt ironisk underton i hans röst. Men David tycktes inte märka den tonen.

"Hon var tacksam. Åtminstone uppfattade jag det så. För hon visste verkligen varken ut eller in."

"Fick du ingen känsla av att det var nåt som tryckte Franca Cavalli?"

David skakade på huvudet. "Nej, inte nåt utöver problemet med att inte komma ur fläcken med examensarbetet."

"Vad arbetar du egentligen med, David?"

"Jag läser företagsekonomi på ETH."

Brunn drack upp kaffet och satte tillbaka koppen på tefatet. Tystnaden bredde ut sig i rummet. Sedan lade Brunn handflatorna mot bordet och reste på sig.

"Tack så mycket för kaffet." Han vände huvudet mot Marika. "Vi skulle vilja se ditt rum."

Marika ryckte till och hade redan ett nej på tungan, när hon kände hur David lätt tryckte hennes arm. Brodern böjde lite på huvudet.

"Varsågod och kom med."

Poliserna följde Marika uppför trappan och in i hennes rum. Brunn gick utmed bokhyllorna och mönstrade böckerna. Forster däremot gick fram till skrivbordet och öppnade locket till datorn. Marikas hjärta hoppade till. Men hon andades genast ut när hon såg på skärmen att datorn ville ha ett lösenord. Forster lyfte nu upp cd-fodralet och vred det fram och tillbaka. Marika fick genast en klump i magen. Om han öppnade fodralet var det kört!

Forster lyfte på huvudet. "Material till övningstimmar i paleontologi, termin 2?", frågade han.

"Jag har hand om övningstimmarna, som jag tror att jag redan har sagt. Nåt måste jag ju syssla med." Marika hoppades att han inte märkte att hennes röst darrade. "Dessutom sköter arbetet sig tyvärr inte självt." Forster gjorde en ansats att öppna fodralet.

"Cd:n sitter i datorn. Jag arbetade precis med den. Vill du se den?", frågade hon med fast röst, men hoppades att han skulle säga nej.

Han skakade på huvudet och lade tillbaka fodralet på skrivbordet. "Nej, din dator kan jag utan och innan vid det här laget."

Marika svalde. Hon hade inte varit medveten om att det var Forster som hade läst alla filer – sådant som var för universitetet men också privata saker. Han måste också ha sett mejlen som hon och Franca hade skickat till varandra. Varför just han? Det måste ha varit ganska roligt för honom, att läsa om deras kvinnoteman. Franca hade aldrig lagt tand för tunga. Och det gjorde hon ju inte själv heller.

"Du har verkligen tittat igenom allt?", for det ur henne.

"Det är mitt jobb", svarade han med outgrundlig min. När han anade vad som rörde sig i hennes huvud, drogs hans mun till ett leende. "Jag tycker inte om att göra det, men det hör till. Man lär sig ofta mycket om en människa när man gör det." Marika kände hur hon rodnade. Han fällde ner locket på datorn.

"Vad är det här för nåt?", ljöd plötsligt Brunns stämma bakom henne. Honom hade Marika nästan glömt bort.

"Det är material från min första tid som student."

Brunn drog fram en bok. "Introduktion i kemi", mumlade han. "Fysikalisk praktik. Behöver man sånt också som paleontolog?"

"I början, på grundutbildningen, måste alla läsa samma sak. Det är först längre fram man kan specialisera sig."

"Det överlåter jag åt dig", sa han och ställde tillbaka böckerna. I det ögonblicket tyckte Marika att han var riktigt sympatisk. Men det ändrade sig med en gång. "Var vänlig och meddela oss när du har kommit till Basel i morgon. Och som sagt, du får inte lämna Basel så länge utredningen pågår.

6

Ja?", hördes Davids röst genom den stängda dörren. Marika öppnade den på glänt. "Får jag störa dig ett ögonblick?" David vände sig om på skrivbordsstolen. "Du får alltid, syrran", sa han och log mot henne.

"Tack." Marika slank in i rummet. Med ens var hon inte längre så säker på om det var en bra idé. Hon flyttade obeslutsamt cd:n från ena handen till den andra.

"Ja? Vad kan jag göra för dig?" David reste sig och gick fram till henne. Marika var tvungen att titta upp. Brodern var säkert huvudet längre än hon. Franca hade alltid skrattat när hon talade om sin lillebror.

"Han är ju faktiskt två år yngre än jag", försvarade Marika sig varje gång.

Davids bruna ögon mönstrade henne. Han lade händerna på hennes axlar. "Jag är så ledsen för alltihop, Marika. Säg till mig direkt om jag kan hjälpa dig."

Det var signalen. Marika höll fram cd:n till honom. "Kan du förvara den här åt mig?"

När poliserna hade gått, hade hon gjort två säkerhetskopior av Francas examensarbete. En tänkte hon förvara i sitt rum i Aarau. Den andra på ett ställe där ingen skulle leta efter den. Först hade hon tänkt på föräldrarnas bankfack, men förkastat den tanken med detsamma. Hennes mamma skulle springa till Brunn direkt. Även om hon menade väl, så var det det sista Marika ville.

"Material till övningstimmar i paleontologi, termin 2?" David lyfte förvånat på huvudet. Marika hade skrivit likadant på alla cd-skivorna. "Varför ska jag förvara den?"

"Inte för nåt särskilt", sa Marika och vek undan för hans blick. David lade cd:n på bokhyllan och tog Marikas ansikte i sina händer. Han tittade allvarsamt in i hennes ögon.

"Vad är det du döljer för mig?"

"Inget."

"Jag kan titta på innehållet på cd:n och så får jag veta det. Men jag skulle tycka att det var bättre om du sa det till mig."

"Bara om du lovar att inte berätta för nån." David nickade. "Med ingen menar jag verkligen ingen. Inte mamma, inte pappa, inte dina vänner, inte Melanie och inte polisen heller." Brodern höjde på ögonbrynen. Uttrycket i hans ansikte sa så mycket som: "Det var nåt sånt jag tänkte mig".

"Om du inte kan lova det, tar jag med mig cd:n igen."

"Det tycker jag inte om, syrran."

Marika tog cd:n och var på väg ut ur rummet. Men David höll fast hennes arm. "Okej då. Jag säger inte nåt till nån."

"Säkert?"

"Ja. Det känns bättre för mig om jag vet vad som försiggår."

"Svär du på det? Den heliga syskoneden?"

David suckade. "Heliga syskoneden."

Marika gick förbi honom och satte sig på skrivbordsstolen. "Det är en lång historia."

"Jag har tid." David slog sig ner på sängkanten. Marika började berätta. Först verkade han lugn, men sedan blev hans ögon stora.

"Du vill få mig att tro att Franca blev mördad på grund av sitt examensarbete?"

"Varför skickar hon annars materialet till mig?"

David strök med handen genom sitt rödbruna hår. Han och Marika var mycket lika varandra. När de var små hade man tagit dem för tvillingar.

"Jag vet helt enkelt inte vad det är. Vid det här laget har jag skummat igenom arbetet flera gånger utan att hitta nån ledtråd. Jag måste alltså leta vidare. Men jag skulle vilja ha en kopia på ett säkert ställe."

"Och du tycker att det är det hos mig. Jag tror att cd:n skulle ligga bättre hos polisen."

"Nej! Då anhåller de mig med detsamma."

"Varför skulle de göra det?"

"Ifall du inte har märkt det, så står jag som nummer ett på listan med misstänkta."

"Det kan jag inte förstå."

"När det gäller polisen och särskilt de här två finns det ingenting att förstå."

David suckade. "Visst, den här Brunn är inte den mest sympatiske, men Forster verkar helt okej."

"Han låtsas bara." Marika tittade åt sidan.

"Det skulle jag inte tro. Så som han tittade på dig hela tiden …" Det ryckte lätt i Davids mungipor.

"Vad ska det betyda?"

"Du tittade också ganska egendomligt på honom emellanåt."

"Vad?!"

"Jag känner väl min lilla storasyster." Marika kände hur ansiktet hettade. Ett brett flin lekte kring Davids mun. "Fast jag skulle säga att det är fel tidpunkt. Och fel man, även om jag gott kan tänka mig att ni två passar för varandra ..."

"David! Jag är inte upplagd för skämt."

"Ursäkta, men ..."

"Inga men. Han är polis och jag står på hans exekutionslista."

"Okej." David lyfte händerna. "Jag tycker ändå att du borde gå till polisen med den." Han lyfte upp cd:n. "Och jag skulle föredra Forster framför Brunn, för han tycks vara den mest objektive."

"Nej!"

David suckade.

"Du lovade ..."

"Ja, men ..."

"Nej, inte förrän jag har bevis."

"Bevis?"

"Jag måste först hitta varför Franca mördades. Så länge jag inte har hittat ledtråden i arbetet går jag inte till nån med den. Jag vill ju inte bli anhållen."

"Jag gillar inte om du nu själv ska leka polis."

"Det bryr jag mig inte om. Jag är skyldig Franca det."

"Det är du inte alls!"

"Jo! Hon skulle gjort samma sak för mig. Tar du hand om cd:n eller inte?"

"Bara på ett villkor." Marika gjorde ögon. "Så snart du vet vad det rör sig om, går du med det till Forster. Jag vill inte att du utsätter dig för fara." Marika teg. "Och ge dig inte ut nånstans själv. Jag vill hela tiden veta var du är och vad du gör." Marika svarade fortfarande inte. "Om du känner att du är i – hur ska jag säga – i fara, så går du till Forster direkt." Marika fortsatte att tiga. "Jag skulle inte stå ut med att det hände min lilla storasyster nåt som jag hade kunnat förhindra om jag inte hade hållit tyst." Marika mötte trotsigt hans blick. "Heliga syskoneden?"

Marika sänkte huvudet. "Heliga syskoneden", mumlade hon efter en stund.

"Nänä, inte så. Du vet reglerna. Se mig i ögonen när du säger det."

Marika lyfte blicken. "Ja, heliga syskoneden." Hon reste sig. I dörren vände hon sig om. "Tack, David. Jag vet inte vad jag skulle göra utan dig."

"Jävla helvete", hörde hon honom mumla, innan dörren gick igen bakom henne.

7

Hög musik ljöd från byggnaden. Marika tvekade, för hon visste inte om hon skulle gå in. Hon kände verkligen inte för att festa. Sedan rätade hon på axlarna. Festen för doktorander och övriga examinander ville hon inte missa. Det skulle Franca inte heller ha velat. Hon öppnade dörren och slank in. Varm, röktung luft slog emot henne. I stort var atmosfären som på ett disko: hög musik, ett dansgolv, skum belysning och en bar. Marika banade sig väg genom folkmassan. Hon satte sig på en av de höga barstolarna och stödde sig med armbågarna mot disken. Hon hade börjat tvivla på att det var riktigt att gå hit. Överallt var det diskussioner och skratt. På dansgolvet tumlade paren kring. Den uppsluppna stämningen var outhärdlig. Marika beslöt sig för att gå när hon hörde sitt namn.

"Hallå, fint att du kom i alla fall", ropade Reto, en av doktoranderna som hade klarat examen. Han stod i baren och svängde en drinkmixer. "Jag menar trots det där med Franca." Reto ställde ner mixern och tog hennes hand och tryckte den. Marika kunde se medkänsla i hans gröna ögon. "Vad vill du ha att dricka?"

"Ingenting. Jag tänkte just gå."

"Men du har ju precis kommit. Du har fortfarande jackan på."

"Jag tog på den, för att jag tänkte gå."

"Du ser förvånansvärt frusen ut. Med tanke på hur varmt det är härinne. Låt mig bjuda dig på en drink och sen kan du gå."

Marika ryckte på axlarna och gled ur jackan. Reto visslade genom tänderna.

"Du ser som vanligt ut så att man skulle vilja bita i dig. Hade jag inte ett fast förhållande, så skulle jag fråga dig direkt …"

"Reto!"

"Okej." Han skrattade. "Men jag undrar ändå varför en sån tjej som du inte har nån kille."

Marika böjde sig fram. "Det är enkelt. För att ingen är intresserad av en seriös relation utan bara vill ha en sak – en kort, passionerad affär. Sånt står jag över." Hon lutade sig ytterligare en bit framåt. "Och de män, som verkligen menar allvar, är redan upptagna. Kanske jag springer på den rätte nån gång."

Reto log. "Det är jag övertygad om. Men tills det händer kan jag hjälpa till med det här." Han räckte henne en meny.

"Tropicana-punsch verkar gott."

Reto log brett. "Den är min uppfinning – uppfriskande och jättegod."

Strax efter hade Marika ett glas med en orangefärgad vätska framför sig. Hon läppjade på drycken och log mot Reto. "Det smakar verkligen bra."

När Reto hade vänt sig till andra studenter, lät Marika blicken glida omkring. Den fastnade på dem som dansade. Hon märkte hur rytmen i musiken gick genom hennes kropp och kände behov av att ansluta sig till dem som var uppe på dansgolvet. Hon kvävde impulsen. För det första hade hon ingen partner. Dessutom kändes det inte vördigt mot Franca att roa sig riktigt. Franca och hon hade alltid tyckt om att dansa. Ett tag hade de till och med gått på danskurs. Men eftersom ingen av dem hade någon kille, hade de inte gått ut mycket. Dessutom dansade de flesta män ändå inte bra.

"God kväll, Marika."

Marika rycktes ur sina tankar och såg in i Forsters ansikte. Han gled ner på en barstol bredvid henne och nickade mot Reto, som hälsade tillbaka med en nickning.

"Jag trodde inte att du hade lust att festa", sa Forster.

"Det har jag inte heller", svarade hon snutigt. "Jag försöker bara avleda tankarna." Forster svarade inte. "Spionerar du på mig?", for Marika ut mot honom.

"Både ja och nej. Jag råkade komma förbi och såg dig försvinna in hit. Vad är det där?" Han pekade på glaset som stod framför Marika.

"Tropicana-punsch." Forsters ögonbryn åkte upp lite men han sa ingenting. "Alkoholfri", kände Marika sig tvungen att tillägga.

"Precis det rätta för mig som är här med bil." Han gjorde tecken till Reto och pekade på Marikas glas. "Samma till mig, tack."

Reto gjorde en lätt rörelse med huvudet mot Forster och lyfte frågande på axlarna.

"En bekant", sa Marika och undvek att titta på Forster.

Reto böjde sig fram. "Det där skulle vara en som passar dig. Lägg vantarna på honom." Marika kände hans andedräkt

47

tätt mot örat. Innan hon kom åt att svara hade han vänt sig bort igen.

"Jaha, en bekant." Polismannen log. "Det stämmer ju på sätt och vis."

"Jag har bara ingen lust att förklara varför jag är här tillsammans med en polis, i synnerhet som jag inte har lust att vara ute med en polis." Marika kunde inte hindra att det kom en aggressiv ton i hennes röst.

"Inte det? Jag som tycker att jag är det perfekta sällskapet."

"Inte för mig." Marika tänkte resa sig men Forster tog tag i hennes arm. "Okej, förlåt. Är allt i ordning i ditt rum?"

Marika nickade. "Ja tack. Dina kolleger har tydligen röjt upp. Tack så mycket."

Hon hade blivit överraskad när hon hade kommit in på sitt rum på eftermiddagen och funnit allt i ordning. Vid första ögonkastet såg det ut som om det inte hade varit någon främmande där. Först när hon tittade på nytt konstaterade hon att en del saker, som t.ex. böcker hade placerats på fel ställe. Och i garderoben fick Marika också flytta om lite. Men hon hade ändå märkt att poliserna hade bemödat sig om att återställa allt som det hade varit.

"Ingen orsak. Killarna på kriminaltekniska lämnar alltid allt i ordning efter sig."

Tystnaden bredde ut sig mellan dem, men till slut bröts den av Forster. "Din storebror är verkligen sympatisk. Jag har en känsla av att han vill beskydda dig.

Marika lyfte hastigt huvudet. "Ja, David är sån. Egentligen är han min lillebror, men sen han växte om mig, tycker han alltid att han måste se efter sin 'lillasyster'."

"Hur mycket yngre är han?"

"Två år. Jag är glad att jag har honom." Marika drack ur sin drink. "Har du också syskon?"

"Två likadana till", ropade Forster till Reto, som iakttog dem med öppen nyfikenhet, och tittade sedan på Marika. "En tvillingbror."

Marikas hjärta slog fortare. Då fanns den här snygge mannen till och med i tvåpack! Hon märkte hur hon rodnade och hoppades att Forster inte lade märke till det i den skumma belysningen. "En tvilling. Jag har alltid önskat mig en tvillingsyster."

48

"Tja, det har för- och nackdelar. Sebastian och jag har antingen varit i luven på varandra eller älskat varandra." Han log brett.

"Är din bror också polis?"

Forster skrattade. "Nej. Det skulle vara helt fel för honom. Vi är visserligen mycket lika till utseendet, men helt olika till sättet. Min bror har alltid varit den förnuftigaste. Det kanske beror på att han är tio minuter äldre än jag."

"Är det oförnuftigt att arbeta som polis då?" Jag kan tänka mig värre yrken."

Han fick en road glimt i ögonen. "Mina föräldrar tycker det. Min bror ägnar sitt liv åt politiken. Men det är tyvärr inget för mig."

Forster – med ens gick det upp ett ljus för henne. Var han Jacques Forsters son?! Och var Sebastian Forster hans bror?! Inte att undra på att han körde en Maserati. Trots det verkade Forster enkel. Inga tillgjorda fasoner. En helt vanlig man i jeans och skjorta. Pengarna som hans familj besatt lät han inte märkas på sig, förutom när det gällde Maseratin. Bilen var förmodligen den enda eftergift han gjorde.

Forster tittade ner på sig själv. Marika blev medveten om att hon stirrade på honom.

"Är det nåt fel på mig? Har jag spillt punsch på skjortan?"

Marika skakade på huvudet och tittade snabbt åt sidan.

Forster ställde glaset på disken. "Vill du dansa?"

Marika studsade till. "Med dig?"

"Varför inte?" Han reste sig och drog Marika med sig ut på dansgolvet. Hon hann uppfatta Reto. Han satte upp tummen i luften och vände sig sedan mot drinkmixern.

Strax därpå virvlade hon runt i lokalen. Mot sin vilja måste Marika medge hur mycket hon njöt av det. Hon hade snabbt hittat takten och rörde sig av sig själv till rytmen av musiken. Äntligen en man som kunde dansa! Hon skrattade. Det måste jag berätta för Franca, tänkte hon. I nästa ögonblick gjorde verkligheten sig påmind. Marika snubblade. Forster fångade upp henne.

"Hoppsan", skrattade han och virvlade vidare med henne genom lokalen. "Äntligen en kvinna som kan dansa", ropade han till henne, men stannade sedan helt abrupt. Marika tittade förvånat upp på honom. De stod tätt ihop. Deras kroppar rörde lätt vid varandra upptill. I Forsters ansikte hade ett allvarligt uttryck avlöst det uppsluppna. Han kände i sin byx-

49

ficka och fick fram en pappersnäsduk som han räckte Marika. Inte förrän nu märkte hon tårarna som rann i ansiktet. "Tack", mumlade hon och snöt sig ordentligt. "Ursäkta mig."

Forster lyfte upp Marikas haka och tvingade henne på det sättet att se på honom. Han böjde sitt ansikte tätt intill hennes. Marika såg en antydan till skäggstubb på kinden och luktade hans After Shave. Hon höll andan.

"Antingen har du inte mördat Franca Cavalli eller så är du en jäkligt bra skådespelerska, Marika!"

8

Forsters armar slöt sig kring Marika. Han böjde ner huvudet mot henne. I samma ögonblick rörde hans läppar vid hennes. Marikas hjärta slog snabbare. Hon besvarade kyssen. De pressade sig mot varandra och deras kyssar blev hetare. Forster vandrade nerför hennes hals med läpparna. Hans hand gled ner i hennes urringning. Marika stönade till när han tog om hennes bröst och tryckte sig hårdare mot honom. Hennes åtrå stegrades till det outhärdliga. Sedan var han plötsligt borta och Marika stod ensam i ett mörkt rum. "Simon?", ropade hon. Tystnad. Det var beckmörkt. "Simon!", ropade hon en gång till och kände hur paniken började stiga. Sedan fick hon syn på ett svagt ljusskimmer i andra änden av rummet. Efter en kort tvekan gick Marika mot ljuset och urskilde Franca, som satt vid ett bord med mikrosonden. Väninnan satt böjd över bordet och gjorde en anteckning i ett block. I det ögonblicket gick en maskerad, helt svartklädd gestalt in bakom Franca. Den lade ett rep om hennes hals. Francas huvud rycktes uppåt. Paniken speglade sig i hennes ögon. Hon sträckte ut handen mot Marika, som ville skrika. Men det kom inte ett ljud över hennes läppar. Hon ville springa fram till Franca, men kunde inte röra sig. Sedan var gestalten borta och Franca stirrade på henne med livlösa ögon. En röd strimma lyste på hennes hals. Plötsligt stod Brunn bredvid den döda väninnan. Han pekade på Marika. "Mörderska!"

Ett gällt skrik ljöd genom rummet. Marika spärrade upp ögonen. Hon satt käpprak i sin säng. Hennes pyjamas klibbade genomsvettig mot hennes rygg och hjärtat skenade. Hon vred osäkert på huvudet och lät blicken glida över de välbekanta konturerna. Månen lyste in genom fönstret och svepte allt i ett mjölkigt ljus. Det var verkligen sitt eget rum i Basel som hon såg. Ingen Franca. Ingen Brunn. Marika sjönk tillbaka ner i kuddarna. Hennes andhämtning lugnade sig efterhand och bruset i öronen avtog. Hon badade i svett och började plötsligt frysa. Så trevade hon efter täcket och svepte in sig i det.

"Det var bara en dröm", viskade hon och blev rädd av sin egen röst.

På sista tiden hade mardrömmarna kommit med jämna mellanrum. En darrning for genom hennes kropp. Hon lade sig på magen och pressade ner ansiktet i huvudkudden. Hela hon skakade av gråt. Långsamt ebbade snyftningarna ut. Det hade bara varit en dröm! Men den hade varit så verklig. Alltihop. Hon försökte koncentrera sig på första delen av drömmen. Efter en stund lyckades hon frammana bilden av Forster. Återigen kände hon hur åtrån steg i kroppen. Det var som om hans hand fortsatte att smeka hennes bröst. Hon satte sig upp med ett ryck, drog upp benen och slog armarna om dem. Marika stödde huvudet mot knäna. Vad skulle hon inte ge i det här ögonblicket för att få ligga med honom. Åtminstone en enda gång. För att glömma – om så bara för ett ögonblick. Marika blev förskräckt över sina tankar. Det var inte alls hon. Det var ju ett fast förhållande hon var ute efter och inte någon tillfällig affär. Men det fanns andra som var beredda till allt för en natt med henne. Marika suckade. Hon kunde fortfarande inte förklara varför hon kände sig så dragen till Forster. Hon fick allt slå honom ur tankarna. För det enda som intresserade honom var att visa att Marika var skyldig till något som hon inte hade gjort.

Vad var det han hade sagt, strax innan han körde henne till personalboendet? "Antingen har du inte mördat Franca Cavalli eller så är du en jäkligt bra skådespelerska, Marika!" Och han hade betonat "Marika" på ett mycket konstigt sätt. Det hade låtit nästan hotfullt.

Senare i bilen hade han sagt "Marika" på ett formellt sätt igen och ämnet Franca hade inte förts på tal något mera. Men det hade ändå funnits där mellan dem hela tiden och den avslappnade stämningen och närheten som hade rått mellan dem på festen var som bortblåst. Om inte den där incidenten hade inträffat på dansgolvet hade hon kanske bjudit med honom upp. Och då … Hon andades återigen snabbare. Sluta med det, tänkte hon ilsket. Marika sjönk tillbaka ner i sängen och vände sig på sidan. Hon sköt undan tanken på Forster och försökte somna. Utan framgång. Bilden av den strypta Franca trängde sig fram. Marika öppnade hastigt ögonen.

Hon sträckte sig efter väckarklockan. Lite över fem. Så tidigt igen. Hon brukade ha svårt att komma ur sängen på morgonen. Särskilt om det hade blivit sent kvällen innan. Men fyra timmars sömn var ändå bättre än ingen alls. Marika svängde benen över sängkanten. Hon tänkte utnyttja tiden till litteratursökning. Någonstans måste det finnas en ledtråd gömd i Francas examensarbete. Varför skulle väninnan annars ha skickat henne cd:n strax innan hon blev mördad?

52

"Du ser rätt trött ut", sa Reto och höll upp dörren till institutionen för Marika. "Du var tydligen ute länge med din bekanting", sa han och munnen drogs till ett leende.

"Nej." Marika vände sig bort.

Reto höll fast hennes arm. "Blir det inget mellan er två? Igår såg det nämligen ut som om det hade tänt riktigt, så som ni tittade på varandra ute på dansgolvet."

"Där tar du verkligen fel!", for Marika ut mot honom.

"Oj, oj!" Reto lyfte händerna. "Vill han inte? Eller vad är det som är problemet?"

"Problemet är att han är polis."

"Vadå då? Värre kan jag tänka mig."

"En polis som har mig högst upp på sin lista över misstänkta", ropade Marika. Hon skyndade utmed korridoren. Reto följde henne utan problem.

"Misstänkta?"

"Simon Forster utreder mordet på Franca och är av den åsikten att det är jag som har det på mitt samvete."

"Aj då!" Reto gjorde en grimas. "Han har då verkligen ett konstigt sätt att arbeta på, när han frågar ut folk på en fest och förhör nummer ett bland de misstänkta på dansgolvet."

Marika stannade utanför sitt arbetsrum. "Jag vill inte tala om det nu."

"Nej visst. Förlåt om jag var taktlös. Men jag visste inte att han var en av polistjänstemännen."

"Är det ingen som har frågat ut dig om mig ännu?"

"Jo, i och för sig", svarade Reto dröjande och tittade hastigt åt sidan. "Fast det var den andre. Vad var det han hette? Brunn?"

Marika nickade. "Brukar de inte komma i par?"

Reto lyfte frågande på ögonbrynen.

"När de", Marika tvekade, "förhör mig, så brukar de alltid göra det tillsammans."

Reto tittade i golvet och växlade ben. "Det var bara en hos mig. Och det var den där Brunn." Han lyfte huvudet. "Okej, jag ska lämna dig i fred nu. Om du behöver nån att prata med, så säg bara till."

"Tack."

Hon tittade efter honom när han sprang uppför trappan och förbannade återigen att han hade fast sällskap. Fast ryktet gick ju att det knakade i fogarna mellan honom och Sandra. Chansen skulle kanske ändå komma … Marika blev förskräckt över hur hon tänkte. Det här kände hon inte alls igen hos sig själv. Och hon och Reto passade inte alls ihop. Han var visserligen trevlig, men ett förhållande med honom kom inte i fråga. Mer än goda vänner skulle de aldrig bli. Hon borde slå den här idén ur hågen.

Marika suckade och sköt med foten igen dörren till sitt arbetsrum på universitetet. Hon lade sin dator på skrivbordet och ställde ner den tunga väskan på golvet. När hon hade druckit sitt morgonkaffe hade hon bestämt sig för att läsa igenom Francas examensarbete en gång till och anteckna frågor i marginalen och också skriva ner var hon skulle söka. Hon hade inte kommit på något bättre, men det verkade ju ändå som en plan.

Först hade hon tänkt göra det i biblioteket, eftersom bokmaterialet fanns där. Men hon hade inte fått lugn och ro. Man hade frågat henne hela tiden om det kommit fram något nytt i utredningen. Dessutom var det något annat som trängde sig fram bland kondoleanserna. Hon kände tydligt den outtalade frågan. Har hon mördat sin väninna eller har hon inte? Varför stämningen hade ändrat sig kunde Marika inte säga. Förmodligen berodde det på att polisen fortfarande gick in och ut där och frågade alla om Franca och Marika. Därför hade hon tagit till flykten och plockat med sig några utvalda böcker.

Marika fällde upp locket på datorn och skrev in lösenordet. Sedan sköt hon sitt material mot skrivbordskanten och tog upp böckerna. Hon satte igång att läsa. Då och då slog hon upp något i en bok och fogade till en kommentar i kanten på arbetet.

"I norra delen av området har lerskiffer frilagts …" Marika for runt. Bakom henne stod Forster. Han böjde sig fram över hennes axel och läste vidare. "Denna plattformade bergart har en grå färg. De enskilda skikten är i genomsnitt 5 mm tjocka." Marika var oförmögen att röra sig och stirrade på honom. Var hade han kommit ifrån så plötsligt? Varför hade hon inte hört när han kom in? "Dessutom är den svagt metamorfa bergarten starkt veckad och söndrig. Lerskiffren räknas till undre krita (Lirer et al., 1967). Vad betyder det?" Han pekade på de sista orden. Marika fällde ihop datorn med en bestämd rörelse. Hon hade sånär klämt Forsters finger, men han drog till sig handen i rättan tid. "Det är en källangivelse. Var kommer du ifrån så plötsligt? Har du hört talas om att knacka?"

"Det låter på nåt sätt ganska intressant. Men tyvärr förstår jag inte speciellt mycket", genmälde Forster, utan att svara på hennes fråga. "Vad är det för nåt? Din avhandling?"

"Nej." Det for ur Marika innan hon hann hejda sig. Det hade varit klokare att säga ja, för hon såg på Forsters frågande ansiktsuttryck att nästa fråga skulle komma strax. "Jag har blivit ombedd att korrekturläsa en sak", förekom hon honom. Hon var medveten om hur svagt det lät, men i hastigheten kom hon inte på något annat.

"Korrekturläsa?"

"Ja. Och varför knackar du inte utan skrämmer mig så här?"

"Jag knackade, men du var så upptagen. Med det där." Forster nickade mot datorn. Marika andades ut. Han tycktes inte ana vad han stod inför.

"Jag är ledsen", fortsatte Forster. Jag skulle träffa professor Krüger och kom lite tidigt. Och då tänkte jag titta in till dig först."

"Så snällt."

Det sarkastiska i hennes röst undgick honom inte, för hans ena ögonbryn lyftes lätt.

"Ja, inte sant?" Även i hans röst fanns det sarkasm. "Synd, jag trodde att du för en gångs skull skulle vara glad över att se mig."

"Varför skulle jag det?"

"Kanske därför", sa han och räckte Marika hennes id-kort.

"Var har du fått mitt id ifrån?"

"Jag hittade det i morse på golvet i min bil, vid passagerarsätet."

Marika stirrade på sin legitimation. Igår, innan hon hade stigit ut hans bil, hade hennes portmonnä fallit ur jackan. Hon hade inte märkt att hennes ID-kort hade glidit ur. Marika var på väg att ta det, men Forster drog tillbaka handen. Med den andra grep han tag om hennes hand och höll kvar den.

"Förresten var det en fin kväll igår."

"Brukar du gå ut med mordmisstänkta?"

Han skrattade. "Nej. Min chef skulle inte godkänna det."

"Men vår kväll igår godkände han?" Vad är det för en diskussion du ger dig in på, for det genom hennes huvud. Vart var de på väg? Hon tänkte på sin dröm. Fjärilarna i magen, som hon hade lyckats förtränga fram till nu, fanns där igen. Hon försökte dra sin hand ur Forsters, men han släppte den inte.

"Fritz måste inte få veta allt som jag gör på min fritid."

"Fritid? Jag trodde du var i tjänst."

"Jag var på väg hem."

"Och din fru har inget emot att du ..."

"Du är ingen bra iakttagare, Marika", avbröt han henne och vände sin hand så att Marika kunde se hans ringfinger. Men han släppte inte taget om hennes hand. "Jag är inte gift. Och innan du frågar mer, så satt det inte någon flickvän och väntade därhemma heller." Han log och släppte äntligen Marikas hand. "Jag trodde att professor Finn hade gett dig fritt. Därför blev jag förvånad över att hitta dig här."

"Hemma skulle jag krypa på väggarna. Nu gör jag sånt som blivit liggande."

"Som att korrekturläsa?", frågade Forster. Han trodde helt klart inte på henne.

"Det lovade jag en kursare för länge sen."

"Får hon inte problem med deadline, om du tar så lång tid på dig?" Hans ansikte fick ett uppmärksamt uttryck.

Marika blev varm. Han var misstänksam och märkte att det var något som inte stämde. Men han kunde tydligen inte greppa vad det var. Hon förbannade sig själv för att hon var så dålig på att ljuga.

"Hon behöver inte lämna in arbetet förrän till sommaren. Och jag är dessutom nästan färdig."

"Jaså." Han böjde på huvudet. "Då tar jag och går till professor Krüger och lämnar dig i fred så att din studiekompis inte behöver vänta ännu längre." Han hade väl bestämt sig för att låta det bero så länge.

Marika andades ut när dörren föll igen bakom honom. Nästa gång hon läste i Francas arbete skulle hon låsa dörren. Trots det var hon på det klara med att han skulle komma tillbaka och fortsätta borra. Så lätt blev hon inte av med honom. Det var bråttom med att hitta ledtråden till mordet på Franca. Om hon nämligen inte kunde visa upp den vid det tillfället, så var det givet vad som skulle hända.

"Var är resultaten?"

Marika blev rädd och for runt. Framför henne stod professor Krüger.

"Vilka resultat menar professorn?"

"Franca Cavallis naturligtvis! Jag kan inte tänka mig att Franca skulle ha slarvat bort alltihop innan hon dog. Hon var visserligen inte speciellt pålitlig, men det skulle jag ändå inte ha trott henne om. Så var är materialet?"

Marika svalde ilskan som steg upp inom henne och försökte hålla sig lugn. "Jag vet inte var det är."

"Ni två hängde ju ihop hela tiden." Han lutade överkroppen framåt. Marika vek tillbaka.

"Det betyder absolut inte att jag vet allt om arbetet. Eller att jag vet var det finns."

Krügers ögon smalnade. Han tog några steg mot henne och Marika kunde känna hans dåliga andedräkt. Lukten av lök och något ruttet gjorde henne illamående. "Jag skulle verkligen inte ha anförtrott henne det här ämnet. Första intrycket stämmer för det mesta."

"Första intrycket?", fick Marika fram. Det var bara med möda hon kunde behärska sig.

"Franca Cavalli var inte den mest pålitliga, och det straffar sig nu."

"Franca var mycket pålitlig och utförde sina uppgifter mycket samvetsgrant", skrek Marika. Hon kunde inte tro sina öron och fick allt svårare att tygla sin vrede.

"Nej, det var hon inte. Hon höll inte tidplanen och hon informerade mig aldrig om hur långt hon var."

"Professorn lät henne ju aldrig göra det. Det fanns ju aldrig tid. Och när Franca nån gång faktiskt lyckades träffa professorn och tänkte diskutera ett problem, då sa professorn att hon skulle använda sina små grå." Nu hade han ändå lyckats och Marika tappade kontrollen över sin ilska. "Men jag har varken tid eller lust att diskutera det nu."

"Vad understår Marika sig egentligen!", dundrade professor Krüger och lade armarna i kors framför bröstet. Marika tänkte smita förbi honom, men han höll fast hennes arm. "Det är Marikas skyldighet att ge mig materialet!"

"För det första har jag ingen skyldighet. Och för det andra har jag det inte." Hon försökte vrida loss sin arm ur hans grepp, men han höll bara hårdare. Hans fingrar borrade sig in i hennes skinn så att det gjorde ont.

"Polisen är tydligen av annan uppfattning! Franca låg så mycket efter att jag hade fått problem med att hålla tiden för presentationen av hela projektet. Men nu måste jag låta någon annan göra om uppdraget från början. Och det är inte möjligt för tidens skull."

"Det är professorns problem och inte mitt. Jag har som tur är ingenting att göra med ert dumma projekt." Marika lyckades få loss armen. Hon vände sig om och krockade med Forster.

"O, ursäkta", mumlade hon och ville gå ur vägen för honom, men han höll fast henne i armen. Hur länge hade han stått där? Hur mycket hade han hört av samtalet? Men det var faktiskt inte henne utan Krüger han vände sig till. "Vad menar professorn med presentationen av hela projektet? Det fick jag inte höra om tidigare."

"Jag håller på med ett större forskningsprojekt i Medelhavsområdet. Och delar av det har jag låtit studenter göra som examensarbete. Till våren ska det hållas ett föredrag – i Rom. Alla har avslutat arbetet – alla utom Franca Cavalli." Han kisade med ögonen och sträckte sitt pekfinger mot Marika. "Marika bär ansvaret om allt går i stöpet."

"Jag? Jag har inget att göra med arbetet!"

"Åjo! Marika har mördat Franca och gjort sig av med arbetet." Marika vacklade bakåt och Forster fångade upp henne. "Även om jag inte vet varför, så ligger det nära att misstänka att Marika vill hämnas på mig för nåt."

"Jag tror att det räcker nu, Krüger." Forsters stämma lät lugn. Farligt lugn. Hon kände hans händer på sina axlar och var tacksam över att få det stödet.

"Professor Krüger, om jag får be", snäste Krüger.

"Hursomhelst. Professorn borde vara försiktigare med sådana anklagelser."

"Sa kommissarien inte själv nyss att Marika var den huvudmisstänkta. Jag är förvånad över att hon inte blivit anhållen för länge sen. I stället försvarar kommissarien denna förbryterska."

"En misstanke måste alltid styrkas först."

Krüger viftade med handen. "Det bryr jag mig inte om. Se till att få fram arbetet, så att jag kan få föredraget klart i tid. Resten är inte mitt problem." Utan att invänta något svar, skyndade han bort i korridoren och försvann ur deras åsyn. Marika stirrade efter honom. Inte förrän nu märkte hon att hon darrade i hela kroppen.

"Vad var det där?" Forster såg uppmärksamt på henne. Hans händer låg kvar på hennes axlar.

Hon sänkte huvudet ett ögonblick. "Sån är han bara – ett stort äckel. Jag kunde aldrig förstå Franca som ville skriva sitt arbete just för honom. Men hennes längtan efter vulkanologi var väl starkare än allt förnuft."

58

Forster ruskade på huvudet. "Och du vet verkligen ingenting om var arbetet är eller hur långt framskridet det är? Eller finns det åtminstone en kopia nånstans?"

Marika skakade på huvudet. "Nej", ljög hon. "Jag vet bara det jag redan har sagt." Hon tittade honom rakt i ögonen när hon sa det.

Marika slog igen skåpdörren. "Tack för att jag får lämna min dator här."

"Det är klart du får", svarade Frauke Gnais, professor Finns sekreterare.

"Böckerna är bara så tunga." Marika gjorde en gest mot sin ryggsäck.

"Skulle du inte klara en kväll utan arbete, tror du?"

Marika skakade på huvudet. "Jag behöver nåt som distraherar."

Frauke Gnais suckade. "Det verkar inte vara nån bra förströelse. Om jag bara kunde hjälpa dig."

"Du har redan hjälpt mig genom att förvara min dator här så länge."

Frauke Gnais låste skåpet. "Här är det ingen som stjäl den."

"Tack igen. Jag hämtar den i morgon, så snart jag kommer till institutionen. Ha en trevlig kväll."

Marika slank ut från expeditionen, glad över att ha träffat på sekreteraren, för klockan var redan över sju på kvällen. Dessutom var hon lättad över att Frauke Gnais inte hade ställt några frågor om varför Marika inte ville lämna datorn på sitt tjänsterum. Hon hade bara en känsla av att den inte var säker där. Det var inte det att skåpet på expeditionen utlovade mer säkerhet, men förhoppningsvis skulle ingen tro att den fanns där. Hon tog på ryggsäcken som verkligen var tung. Marika hade lånat böcker om Francas examensämne som hon tänkte läsa under kvällen. På så vis hoppades hon att till slut hitta en ledtråd till mordet på Franca.

Marika beslöt sig för att låta cykeln stå kvar vid institutionen och ta bussen. En isig vind blåste emot henne när hon lämnade byggnaden. Hon drog jackan tätare om sig. Man kunde inte tro det, men vid den här årstiden kunde det redan vara vårtemperaturer. Förra året vid den här tiden hade det varit nästan 25°...

Det var redan mörkt. Marika drog upp axlarna och travade iväg till spårvagnshållplatsen. Eftersom resan inte tog lång tid, blev hon stående. Vid Aeschenplatz bytte hon till buss. Hon stirrade ut utan att bli varse något. Ljusen svepte förbi henne. Strax innan bussen kom fram till Bruderholzhospitalet bestämde Marika sig för att stiga av. Hon tänkte gå sista biten och hoppades på det viset bli klarare i huvudet. Hon lyfte upp sin ryggsäck, hoppade av bussen och drog upp dragkedjan i jackan. Med sänkt huvud satte hon fart i den kalla vinden. Hennes tankar fortsatte att kretsa kring Franca. Sedan trängde Forster sig fram. Han var ensamstående. Den upplysningen ledde till ett ännu större kaos i hennes känslor. Dessutom blev hon inte klok på honom. Vilken roll hade han egentligen? Å ena sidan var han den omedgörlige brottsutredaren. Sedan trädde en helt annan människa fram. Hon såg honom framför sig igen, hur han hade hållit fast hennes hand och hur hans ögon hade glimmat skälmskt. Och när Krüger gav sig på henne, hade han faktiskt skyddat henne. Marika stannade. Hon måste äntligen göra klart för sig att det inte kunde bli något med dem. Inte under rådande omständigheter. Hon blinkade mot gatlyktan, som inte lyste upp gatan riktigt. Det hade faktiskt börjat snöa. Marika huttrade. I år lät våren vänta på sig i evighet. Marika drog upp axlarna och stövlade vidare. Strax före karnevalen hade det kommit en ny köldknäpp.

Plötsligt var det två armar som grep tag i henne och höll fast henne.

"Nej!", skrek hon, släppte ryggsäcken som studsade ner på marken och snodde runt. Samtidigt dök det upp ytterligare en gestalt från sidan. Marika kunde inte urskilja ansiktet i mörkret, men att döma av kroppsbyggnaden måste det vara en man. Han slog till utan förvarning. Marika lyfte händerna och försökte sparka den angripare som fortfarande höll fast henne, men hon missade honom. Hon försökte förtvivlat slingra sig ur greppet och sparkade ikring sig. Ett nytt slag träffade henne – den här gången i magen. Marika stönade till och kröp ihop. Nästa slag träffade henne på sidan av huvudet och hon sjönk medtagen ner på marken. Den angripare som höll fast henne bakifrån släppte henne och sparkade henne. Marika drog benen intill kroppen och försökte skydda huvudet med händerna. Sedan lät de två henne vara. Hon låg kvar på den iskalla marken, oförmögen att röra sig. Hela hennes kropp brände som eld. Hon kände blodsmak i munnen. För varje andetag stack det till i bröstet. Som genom en dimma såg Marika att de båda lyfte upp hennes ryggsäck och vände upp och ner på den. Böckerna, plånboken, hennes mobil, ett paket näsdukar och hennes nycklar föll ner på gatan. Snälla ta min plånbok och låt mig leva, bad hon i det tysta. De två rotade igenom sakerna och strödde ut dem över hela trottoaren. Den ene svor sammanbitet.

"Ingenting", väste den andre.

Sedan reste sig de båda gestalterna. En av dem sparkade till Marika. Ännu ett knytnävsslag träffade henne på hakan. Hennes huvud slog mot något hårt. En spark till mot njurarna och sedan var de plötsligt borta.

Marika var som förlamad och låg medtagen kvar. Hon kunde fortfarande inte röra sig. Efterhand spred sig kylan i hennes lemmar. Snöflingor landade i hennes ansikte och smälte. Långsamt försvann hon bort och kände snart ingenting mer. När hon kom till sans igen hade hon inte någon känsel i ben och händer. Strålkastarna på en bil svepte förbi och försvann i mörkret. Snöflingor dansade i ljuskäglorna som hastigt lyste till. Hon hade en känsla av att snön som föll i hennes ansikte inte längre smälte utan låg kvar i ett tunt lager. Hon måste resa sig. Det var bråttom. Annars skulle hon frysa ihjäl. Temperaturen låg säkert under noll. Marika försökte lyfta ena armen. Det gick inte. Strålkastarljus från en bil svepte förbi igen. Hon försökte sätta sig upp och tänkte vinka, men hennes kropp löd inte nu heller. Ur ögonvrån såg hon att bilen stannade och sedan backade tillbaka. Den stannade och ljuset från strålkastarna bländade henne. Motorn gick på tomgång. Förardörren svängde upp och i Marikas synfält dök två ben upp, som strax höljdes i strålkastarljuset. Att döma av skorna var det helt klart en man. Plötsligt blev Marika panikslagen. Tänk om det var de båda rånarna som hade kommit tillbaka?

"Marika! För guds skull!" Det tog ett tag innan Marika insåg vems röst det var. "Vad har du råkat ut för?" Hon blev försiktigt vänd och tittade in i Forsters ansikte som lystes upp från sidan av strålkastarna. Bara inte han, bad hon i tysthet. Forster tog henne under armarna och rätade försiktigt upp henne. Kroppen löd fortfarande inte Marika. Allt var domnat och utan känsel. Hon ramlade mot honom.

"Jag ramlade", sa hon grötigt.

"Det har jag svårt för att tro. Så som du ser ut." Han drog upp henne, tog henne under armen och ledde henne till sin bil. Det vill säga, han snarare bar henne. Försiktigt satte han henne i passargerarsätet. Marika sjönk tacksamt bakåt mot ryggstödet. Från ventilen strömmade varm luft emot henne och från radion hördes låg popmusik. Forster samlade ihop hennes saker, som låg strödda över hela trottoaren. Han gick tillbaka till bilen, kastade in hennes ryggsäck i baksätet och satte sig in. Fast det var så mörkt, kunde hon se att hans ansikte var bekymrat, när han böjde sig mot henne.

"Vad har hänt?"

"Ingenting."

"Så ser det då inte ut. Jag kör dig till sjukhuset."

"Nej!" Marika blev förvånad över hur stark hennes röst lät.

"Du måste absolut undersökas."

"Det har inte hänt mig nåt. Jag vill bara hem och få lugn och ro. Snälla."

Han betraktade henne en stund under tystnad, sedan skruvade han upp värmen till max och startade. Nu strömmade det varmluft ur ventilerna. Marika kände hur det kröp i armar och ben. Känseln var på väg tillbaka. Men nu kom smärtan också. Hon stönade till, när Forster svängde och hon var tvungen att spänna musklerna för att inte ramla åt sidan. Strax efter stannade han utanför ingången till Bruderholzhospitalet.

"Jag tycker inte alls om att du inte vill vara på sjukhuset över natten."

Marika stirrade rakt framför sig. Läkaren hade förutom yttre skador och en lätt hjärnskakning inte kunnat hitta någonting. Marika hade insisterat på att få åka hem. Till slut hade läkaren motvilligt gett med sig och skrivit ut henne på egen begäran. I väntrummet hade Marika hittat Forster, som envisats med att köra henne den korta sträckan till personalboendet.

Marika rätade på axlarna och öppnade dörren. "Tack så mycket. Nu klarar jag mig själv."

"Å nej", ropade Forster. Han hoppade ut. "Jag följer dig upp. Inga protester nu."

Han tog ut hennes ryggsäck från baksätet och hängde den över axeln. Sedan hjälpte han Marika stiga ur. Han lade armen om henne och ledde henne till dörren. Marika var tacksam över att kunna luta sig mot honom, men hoppades att han inte märkte det. De tog hissen upp till andra våningen under tystnad. Med fingrar som fortfarande var stela trevade Marika efter nyckeln i jackfickan.

"Letar du efter den här?" Forster höll fram en nyckelknippa till henne. Marika nickade. Han prövade några nycklar tills han hittade den rätta, låste upp och ledde henne till sängen. Väl där hjälpte han henne av med jacka och skor och fick henne att lägga sig ner. Han tittade allvarsamt ner på henne och satte sig på sängkanten.

"Det skulle verkligen kännas bättre om du ville vara på sjukhuset över natten."

"Nej! Tack så mycket för hjälpen. Det är okej nu. Jag behöver bara lugn och ro."

Forster suckade. "Okej, du är vuxen. Men berätta nu vad som hände därute, är du snäll."

"Ingenting. Jag snubblade."

"Då skulle du inte se så tilltygad ut. Tro mig, jag vet hur man ser ut när man fått stryk."

"Låt mig vara ensam, är du snäll."

"Jag tycker inte om det här, Marika. Varför berättar du inte för mig?"

"För att det inte finns nåt att berätta."

Han strök bort en hårslinga ur Marikas ansikte och stannade upp. Försiktigt strök han med handen bakom hennes öra och lossade örhänget som hade trasslat in sig i hennes hår. Sedan lät han sin hand vila mot hennes tinning. Efter en stund skakade han på huvudet och reste sig med en suck. Strax därpå hörde Marika vatten som spolades i ett glas.

"Så, ta i alla fall en värktablett."

Marika sköljde tacksamt ner kapseln som han räckte henne och sjönk ner på sängen igen.

"Varför litar du inte på mig?"

Marika svarade inte utan vände bort huvudet. Varför skulle jag lita just på dig, tänkte hon. Du och din chef drar i alla tåtar för att få mig i fängelse.

"Marika", hon ryckte till, "vem har gjort så här mot dig?" Hon fortsatte envist att tiga.

"Okej, vi gör så här. Jag lämnar dig i fred nu. I gengäld kommer du till kriminalavdelningen i morgon och berättar för mig vad som har hänt."

"Det har inte hänt nåt."

"Jag vill ändå se dig i morgon bitti. Halv nio på mitt kontor." Marika teg. "Och om det är nåt, så ring mig är du snäll."

63

Han kände i sin jackficka och tog fram ett visitkort och en penna. På baksidan skrev han ett nummer.

"Det är mitt mobilnummer. Ring mig om det är nåt. Jag låter den vara på hela tiden." Marika svarade inte. "Är vi överens?"

Hon tvingade sig att nicka. Forster lade kortet intill henne på nattygsbordet och ställde telefonen bredvid. Han tvekade lite, sedan lyfte han luren.

"En sån gammal sak", mumlade Forster. Han reste sig, hämtade Marikas mobil från ryggsäcken och fällde upp locket. "Koden?", undrade han.

"Varför det?"

"Vilken kod har du?"

"1326."

Forster låste upp mobilen och slog ett nummer. Strax ljöd en melodi i hans jackficka. Han nickade belåtet. Därefter tryckte han på några knappar. "Mitt nummer ligger under Simon Forster. Ring om det är nåt. Det spelar ingen roll hur sent det är. I nödfall alltså mitt i natten också. Förstått?"

Marika fick en klump i halsen. Men hon klarade ändå att nicka igen.

"Vi ses i morgon", sa han och lade mobilen på nattygsbordet. Han gav hennes arm en lätt tryckning och var strax därpå borta.

Marika tvingade sig att stiga upp och att nonchalera dunkandet i huvudet. Hon vacklade mot dörren och låste den. Sedan dunsade hon ner i sängen och slöt ögonen.

9

Marika for upp. Någon hade skrikit. Hon sjönk tillbaka igen, eftersom hon trodde att hennes huvud skulle explodera.

Sedan blev hon på det klara med att det var hon själv som hade skrikit. Lampan på nattygsbordet var tänd. Hon sneglade på väckarklockan. Den visade på lite över halv sex. Det gjorde ont i hela kroppen. Långsamt kom minnet tillbaka. Marika slöt ögonen. Hon måste ändå ha somnat. Förvånande. Överfallet! Marika kände hur hon började svettas. De hade inte varit ute efter hennes pengar. Under natten hade Marika kollat innehållet i ryggsäcken. Ingenting saknades. Skälet måste vara ett annat. Och Marika trodde sig veta vilket. Vad hade de letat efter? Francas examensarbete? Varför utgick de ifrån att Marika hade examensarbetet i sin ägo? Kände de faktiskt till hur nära de hade stått varandra? Om Marika inte hade haft lånat så många böcker skulle hon ha haft sin dator med sig. Den skulle de säkert ha tagit. Vad skulle hända, om de hade fått veta att hon faktiskt hade en kopia?

Och nästa fråga. Vem var "de"? Vem hade mördat Franca? Var det någon från universitetet? Krüger? Vad kunde Krüger dra för nytta av Francas död?

Forster! Varför skulle det vara just han som hittade henne? Varför skulle han tvunget göra fler utfrågningar på personalboendet just igår kväll och ge sig av hemåt vid den tidpunkten? Var nu tacksam, skällde hon på sig själv. Du skulle ha frusit ihjäl annars.

Men, vad skulle hon säga till honom? Sanningen? Eller snarare, det som hon trodde. Nej! Marika tvingade sig att inte darra. Det var bäst att hon steg upp och gjorde sig färdig. I det skick hon var skulle det säkert ta en evig tid. För att inte tala om vad som skulle hända om hon kom för sent till Forster.

Hon reste sig försiktigt upp och nonchalerade smärtan som for genom kroppen. Allting snurrade. Värktabletterna låg på nattygsbordet. Tacksam över att Forster hade lagt dem där tog hon genast en och sköljde ner den med mineralvattnet som stod bredvid sängen. Hon andades in genom näsan och lät sedan luften långsamt strömma ut genom munnen. Hon väntade ett ögonblick, tills yrseln hade lagt sig. Då föll hennes blick på visitkortet och på mobilen som han också hade lagt till henne. Hon slöt ögonen helt kort och sedan steg hon upp. En våg av smärta vällde genom hennes kropp. Hon försökte att inte låtsas om det. Osäker på benen trevade hon sig utmed väggen till badrummet. Hon stirrade förskräckt på ansiktet som mötte henne i spegeln. Läppen var svullen, kindknotan under hennes högra öga hade antagit en mörkblå färg. Ansiktet i övrigt var vitt som krita. Ovanför vänster tinning, precis vid hårfästet, var det ett sår. Det måste ha blött ganska rejält, men nu hade det fått en sårskorpa. Hon hade torkat blod i håret också. Så kunde hon absolut inte visa sig för Forster. Marika började med att försiktigt kamma ur det torkade blodet ur håret. Ett fint rött stoft singlade ner i handfatet. Hon skulle ha håret utslaget idag, för då kunde hon låta det falla över såret. Efter det tog hon sina sminkgrejor och lade makeup på den blåfärgade kindknotan. Sedan tuschade hon ögonfransarna och satte på parfym, något som hon annars bara brukade använda när hon gick ut. Nu uppför du dig som en idiot, förmanade hon sig själv. Förargat ställde hon tillbaka den lilla flaskan. Hon skulle ju bara till Forster! Det är ju därför du gör det, var det en annan röst som ropade i hennes huvud. Marika vände sig beslutsamt bort från spegeln. Man kunde visserligen fortfarande se att hon blivit misshandlad, men hon såg inte så förfärlig ut längre. Det här hade tagit en timme såg hon när hon kastade en blick på klockan. Den hade hunnit bli lite över sju. Det betydde att hon fick äta frukost snabbt och sedan se till att komma iväg till Forster.

Lite över åtta gick hon in i byggnaden där kriminalavdelningen fanns. En kvinna kom emot henne i korridoren. Hon tittade frågande på Marika.

"God morgon. Jag heter Marika Wenger och ska träffa Simon Forster", upplyste Marika henne. "Men jag är lite tidig."

Kvinnan granskade henne. Hon höll ögonbrynen lätt lyfta. Marika kände sig som om hon utsattes för en sträng granskning. Kvinnan såg uppenbart inte något som hon gillade, för hennes röst lät inte speciellt vänlig. "Du kan vänta här inne." Hon nickade mot ett rum.

Marika dunsade tacksamt ner på en av stolarna. Inte förrän nu blev hon medveten om hur ansträngande det hade varit att ta sig hit. Hon kände sig som om hon hade sprungit maraton. Allt bara gjorde ont och det kändes som om huvudet skulle sprängas. Kvinnan lämnade rummet och lät dörren stå lite på glänt. Det blev tyst, men efter en stund hörde Marika steg i korridoren.

Sedan kom Brunns röst. "Hon har blivit nerslagen, säger du?"

"Ja." Det var Forster. "Jag råkade se henne när hon låg vid vägkanten."

"Det var kanske den som gav henne i uppdrag att mörda Franca Cavalli."

Marika hörde hur en tändare klickade. Strax därpå kom det cigarrettrök genom dörrspringan. Marika skulle ha velat stänga dörren, men hon vågade inte röra sig. Hon höll andan och lyssnade.

"Nu skenar verkligen fantasin iväg med dig!", sa Forster.

Marikas hjärta började slå fortare. Hade Forster kallat hit henne för att hon skulle anhållas?

"Kan så vara." Det var Brunn igen. "Även om vi inte har hittat nåt i hennes rum och det inte har gått in några större penningsummor på hennes konto, så är jag ändå inte övertygad om att hon är oskyldig."

Marika blev förskräckt. Hade de kollat hennes konto? Fick de det så utan vidare? Vad hade de mer gjort? Begärt en lista över hennes telefonsamtal? Gått igenom hennes post? Hon visste att Forster hade sökt igenom hennes dator. Hon kände sig fullkomligt blottad. Hela hennes privatliv var nog känt för polisen.

"Hon är fortfarande vår huvudmisstänkta", fortsatte Brunn. "Antingen har hon handlat på eget initiativ eller på uppdrag av en utomstående. Även om hon inte har ekonomiska problem, är det det som ligger närmast till hands för mig."

"Jag vet inte varför du snöar in på henne. På nåt sätt tycker jag att din teori att hon skulle ha handlat på uppdrag av nån utomstående är ganska långsökt."

"Men Simon! Det är ju uppenbart."

"Nej, det är det inte."

"Fan också, finns det inte nån askkopp här?"

"Egentligen är det förbjudet att röka här. Det finns rökrum."

"Alla dessa nyordningar", knorrade Brunn. "Tillbaka till Wenger. Nu har hon blivit nerslagen också. Det kan inte passa bättre in i bilden."

Någon andades ut häftigt och sedan hördes Forsters röst.
"Okej, det kan så vara att hon hör till de misstänkta, men på nåt vis kan jag ändå inte tro det."
"Det har jag då förstått."
"Hurså?" undrade Forster.
"Så som du tittar på henne hela tiden ..."
"Fritz, passa dig för vad du säger!"
"Det går inte att blunda för att du tycker att hon är sympatisk. Eller ska vi säga, mer än sympatisk."
"Fritz!"
"Hon är en mycket attraktiv kvinna och du kan inte få mig att tro att hon lämnar dig oberörd."
"Nej, jag tycker om henne. Men jag vet ..."
"Det hoppas jag."
Marikas hjärta slog fortare. Vad skulle hända om de märkte att hon avlyssnade samtalet?
"Jag bedömer dig som mycket professionell. Därför tycker jag också om att arbeta med dig. Jag hoppas bara att du i hennes fall är tillräckligt professionell ..."
"Fritz! Nu räcker det!" Steg avlägsnade sig.
"Ta nu inte illa upp!", ropade Brunn efter honom. "När kommer hon egentligen?"
"Strax", hördes Forsters röst lite på avstånd.
"Ska jag va med eller ..."
"Helst inte", avbröt Forster honom. "Ser hon dig, sluter hon sig direkt."
"Som du vill. Men gå hårt åt henne. Jag börjar bli trött på den här leken."
"Ja, ja."
En dörr stängdes. Därefter hörde Marika hur Brunn brummade något obegripligt och gick därifrån i motsatt riktning. Sedan blev det lugnt.
Gå hårt åt henne, for det genom Marikas huvud. Paniken steg inom henne. Det var bara en tidsfråga innan hon blev intagen. Det var hon övertygad om. Hur skulle hon kunna övertyga polisen om att hon var oskyldig? Det är enkelt, besvarade hon själv frågan. Du måste äntligen hitta den avgörande ledtråden i Francas examensarbete.
Rösten från den kvinna som hon hade mött innan ryckte upp henne ur hennes tankar. "Simon. Du har besök. Marika Wenger sitter i mottagningsrummet."
"Bra, ta in henne till mig. Eller nej förresten, jag kan lika gärna prata med henne i mottagningsrummet."

Strax därpå svängde dörren upp. Forster steg in och hälsade på henne med en nickning. Han stannade till och granskade Marika som hade rest sig.

Gå hårt åt henne, ekade det på nytt i hennes huvud. Benen hotade att vika sig. Rädslan fick strupen att snöra ihop sig. Han gick tätt inpå henne. Marika såg en liten skråma på hans haka – tydligen hade det hänt när han rakade sig. Han lyfte handen, som om han tänkte röra vid hennes ansikte, men sänkte den igen.

"Man kan tydligen åstadkomma en del med makeup. Men mig kan du inte lura. Hur känner du dig?"

Det var inte 'gå hårt åt'. Hans röst lät vänlig och artig. Låt dig inte luras och var på din vakt, förmanade hon sig.

"Det kunde vara bättre."

"Berättar du nu vad som hände?" Det kom skärpa i hans röst. Marika stelnade ögonblickligen till. Men hon tänkte ändå hålla fast vid det hon tänkt.

När hon åkt dit hade hon beslutat sig för att berätta för honom om de båda angriparna men framställa det som om det bara hade varit ett misslyckat överfall. På så sätt hoppades hon att han lättast skulle låta saken bero. Det som hon förmodade ville hon inte gärna berätta för honom. Forster lyssnade uppmärksamt utan att avbryta henne. När hon hade slutat, sa ingen av dem något. Till slut tog Forster till orda. "Och varför saknar du inget? Så är det väl?"

"Ingen aning. Kanske blev de avbrutna. De flög plötsligt upp och stack iväg."

"Och varför var det ingen annan som hjälpte dig?"

Marika ryckte på axlarna, men sa inget. "De kanske inte hittade det de sökte", fortsatte Forster. Han hade inte formulerat det som en fråga utan som ett påstående. Han böjde överkroppen lätt framåt. Marika motstod impulsen att vika tillbaka. Tänkte han kanske något liknande det hon själv tänkte?

"Eller så kände de sig störda av nåt", skyndade hon sig att säga.

Forster drog handen genom håret. "Vad kan de ha letat efter hos dig?", fortsatte han sedan, utan att låtsas om det Marika sagt.

"Jag vet inte."

Han trodde henne inte. Helt klart.

"Vill du göra en anmälan?" Hon blev osäker när han växlade ämne så och stirrade på honom.

Marika skakade på huvudet och det återgäldades genast med ett häftigt dunkande i huvudet.

"Mot vem då?", fick hon till slut fram.

"Mot okänd."

"Och vad skulle det hjälpa? Nej, jag gör ingen anmälan." Forster teg och såg på henne med en blick som Marika tolkade som "Du undanhåller mig nåt". Hon var glad över att Brunn faktiskt inte hade kommit med. Han skulle inte låta henne komma undan så lätt. Av någon anledning hade Forster gått emot anvisningen från sin chef och inte 'gått hårt åt henne'. Så här långt i alla fall.

"Får jag gå? Jag har nämligen sagt allt jag vet."

"Inte gärna, men jag kan ju inte ha uppsikt över dig dygnet runt. Har du kvar mitt mobilnummer?"

"På mitt rum på personalboendet", svarade hon.

"Har du åtminstone mobilen med dig?"

"Nej, den är också på mitt rum."

"Där gör den ingen nytta." Forster tog fram ett nytt visitkort, skrev sitt mobilnummer på baksidan igen och räckte Marika det. "Ha alltid det med dig. Och mobilen också. Om det är nåt, så ring mig."

Marika tog emot kortet. När hon gjorde det rörde hennes fingrar lätt vid hans. Hon drog förskräckt tillbaka handen. Sedan lade hon ner kortet i sin plånbok.

"Jag litar på att du ringer mig. Vilken tid som helst på dygnet. Min mobil är på hela tiden."

Marika öppnade dörren till expeditionen. Frauke Gnais flög upp. Ett kvävt ljud kom över hennes läppar.

"Marika! Vad är det som har hänt?"

"Jag blev nerslagen igår kväll."

"Hur kommer det sig?" Hon tryckte händerna mot munnen.

"Tydligen var det nån som ville åt mina pengar." Marika ryckte utstuderat nonchalant på axlarna. Jag kom bara för att hämta min dator. Jag vill hem."

"Inte undra på. Du måste ha rejält ont i huvudet."

Marika log plågat. "Säger du till professor Finn?"

"Vad ska Frauke säga till mig?", kom det oväntat från dörren. "Men gode Gud, Marika! Vad har hänt med dig?"

Marika hade egentligen velat komma ifrån att berätta sin historia, men det var ofrånkomligt nu. Angela Finns ögon spärrades upp. "Har du varit hos polisen?" Marika nickade och var glad över att hon hade åkt till Forster, så att hon inte behövde ljuga nu. "Jag skulle vilja ta ledigt ett par dagar."

"Ta den tid du behöver. Jag har redan sagt att du inte behöver vara på institutionen nu."

"Tack så mycket. Jag hör av mig, när jag är på gång igen."

"En sak till", sa professor Finn och höll kvar Marikas arm, när hon tänkte lämna expeditionen. "Jag har goda nyheter till dig. Man har läst första utkastet till din avhandling och gett ett gott utlåtande. Som det ser ut, är tjänsten din."

"Tjänsten?", kom det som ett eko från Marika.

"Ja, undervisningstjänsten. Nu är det inte långt kvar." Marika blev yr av glädje. Men så tänkte hon genast på Franca och det dåliga samvetet tog överhanden. Det var inte rätt tidpunkt.

"Jag är glad att valet föll på dig", sa Angela Finn. "Så, skynda dig nu hem och ta hand om dig."

Marika sa tack igen, slank ut ur rummet och andades ut. Från expeditionen hörde hon Frauke Gnais' röst. "Först det här med Franca och nu detta. Stackaren får ju inte lugn och ro."

"Nej, allt kommer alltid på en och samma gång", svarade professor Finn. Marika ville inte höra mer. Hon hatade att man tyckte synd om henne. Snabbt tog hon sig utmed korridoren. Hon andades ut när hon hade kommit ut från institutionen utan att ha mött någon mer. Den kalla vinden slog henne i ansiktet som en knytnäve. Ändå var det en välgörande smärta. Den fick ordning på hennes tankar. Hon hade faktiskt fått lektorstjänsten! Varför kunde hon inte vara riktigt glad över det? Marika var plötsligt inte längre riktigt säker på att hon överhuvudtaget ville ha tjänsten. Men det ville hon inte tänka på nu.

"Vad har du råkat ut för?"

Marika for runt och såg att hon stod mittemot Reto.

"Inget."

"Det ser inte precis ut som inget."

Marika suckade. "Jag blev överfallen när jag gick hem igår kväll."

"Snälla nån!"

"Det är inte så farligt. Förutom blåtiran hände det ingenting."

"Varför blev du nerslagen?"

Marika ryckte på axlarna. "Jag såg kanske välbärgad ut", sa hon och gjorde en grimas. Genast ryckte hon till, när det smärtade till från det tilltygade ögat och in i huvudet. Hon tog sig för pannan.

"Är du okej?", frågade Reto och rörde vid hennes arm.

"Blev du bestulen på nåt?"

"De stack plötsligt iväg. Antagligen kände de sig störda av nåt. Var inte arg på mig, men jag vill hem nu."

"Ska jag följa dig?"

"Nej tack. Jag klarar mig."

"Är det säkert?"

Marika log. "Ja."

"Är det nåt du behöver?"

"Det enda jag behöver är lugn och ro."

Reto gav hennes axel en lätt tryckning. "Om du behöver hjälp, så säg till. Var rädd om dig."

Marika tittade efter honom, tills han hade försvunnit i byggnaden. Hon bestämde sig för att cykla hem även om hela kroppen gjorde ont, för hon ville inte låta cykeln stå så länge vid institutionen. Dessutom behövde hon då inte utsätta sig för nyfikna och medlidsamma blickar från medpassagerarna på bussen. Redan när hon åkt in till stan hade hon blivit uttittad av förbipasserande. En del hade stirrat ogenerat på henne. Andra hade hastigt tittat bort, när deras blickar möttes.

Hon satte på sig mössan och tog på handskarna, sedan hon hade låst upp cykeln. Kroppen protesterade när Marika trampade. Men hon njöt av smärtan. Den var ett tecken på att hon var vid liv, till skillnad från Franca. Marika torkade bort tårarna som steg i ögonen. Halvvägs till Bruderholzhospitalet var hon tvungen att stiga av, för hon stod inte ut med smärtan. Hon flämtade. Blodet brusade i öronen. Först tvekade hon, men sedan valde hon medvetet den väg där hon hade blivit överfallen kvällen innan. Hon stirrade på stället. Ingenting tydde på tumultet. Det låg ett tunt lager snö på trottoaren. Träden var också lätt pudrade. Snön skulle inte ligga länge, men i det här ögonblicket såg det fridfullt ut. Marika visste inte hur länge hon hade stått där och betraktat stället. Plötsligt frös hon och ledde beslutsamt vidare sin cykel.

Det var med lättnad som hon ställde den under cykeltaket några minuter senare. Hon väntade ett ögonblick, för att kunna andas lugnt igen och gick sedan till sin brevlåda. I den låg det bara ett blankt vitt kuvert. Marika stoppade ner det i sin väska och skyndade sig att komma till sitt rum utan att någon såg henne. Lättat slog hon igen dörren efter sig. Hon satte ner väskan, hängde upp jackan och rev upp kuvertet. Ett hopvikt blad föll emot henne. När hon vek upp det, blev hon stel.

Om du inte vill sluta som din väninna, så skulle jag vara försiktigare och inte lägga näsan i blöt.

Marika visste inte hur länge hon hade stirrat på orden. Hon sjönk ner på sin skrivbordsstol. Hade Franca också fått sådana hotbrev? Nu stod det helt klart att väninnan hade stött på något under sitt arbete som hade kostat henne livet. Marika sträckte mekaniskt ut handen mot telefonluren och började slå numret till Forsters mobil. Innan den första signalen gick fram, lade hon snabbt på. Nej! Om hon visade brevet för Forster och Brunn, kunde man räkna ut hur de skulle reagera.

Hon kunde tydligt höra Brunns stämma. "Det kan du lika gärna ha skrivit själv. Se här, ett neutralt papper. Ett sånt som man kan köpa i vilken pappershandel som helst. Och det är ett standarddatortypsnitt och utskrivet på en laserskrivare. Ni har ju flera laserskrivare på institutionen. Och din egen är också en sån, om jag är rätt informerad. Ett snyggt försök att avleda uppmärksamheten från sig själv."

Marika slätade ut papperet.

"Och varför finns dina fingeravtryck på det?", var säkert nästa fråga han skulle ställa till henne. Fruktan kröp uppför hennes nacke. Sedan rätade hon på sig. Nu eller aldrig! Hon skulle hitta ledtråden i Francas examensarbete. Om hon så skulle få arbeta nätterna igenom. Det räckte att underrätta polisen när hon hade bevis. Hon var tvungen att göra det för Franca och för sig själv. Utan några bevis hade hon inte en chans att komma undan misstanken om mord. David? Skulle hon inviga honom? Nej! Han skulle ta det som ett skäl att ringa Brunn. Då skulle allt vara kört. Hon måste ta sig igenom det själv.

Marika gnuggade tinningarna. På det här viset kom hon ingenstans. Nu hade hon läst nästan allt som Franca hade skrivit som första utkast. Förutom några små motsägelser i sak hade hon inte hittat någonting som kunde vara anledningen till mordet på väninnan. Vid det här laget hade hon suttit och grubblat över arbetet i nästan två dagar. Böckerna hon lånat var inte heller till någon hjälp. Bultandet i pannan varslade om huvudvärk. Marika reste sig och gick ut i badrummet för att hämta en värktablett. Hon vågade sig på en blick i spegeln. Sårskorpan vid tinningen syntes inte lika tydligt längre. Utgjutningen under ögat bleknade mer och mer. Läppen var inte heller så svullen längre. Med lite makeup skulle det snart inte märkas något. Kanske skulle hon ta en promenad, så att hennes huvud fick ordentligt med luft. Kanske fick hon då någon idé till hur hon kunde söka vidare. Marika stirrade ut genom fönstret. Det var fortfarande ljust, men det började skymma. Skymning ... Mörker ... Hon ryckte till. Överfallet och hotbrevet hade lämnat mer spår än hon ville erkänna. Hon var rädd, men försökte hela tiden att inte låta rädslan ta överhanden.

Marika tog en värktablett ur badrumsskåpet och sköljde ner den med kranvatten. Hon granskade sitt ansikte i spegeln igen. En gäll signal från telefonen fick henne att haja till. Hon skyndade bort till nattygsbordet.

"Har du redan hört det? Franca är frigiven", hördes Davids röst i luren.

"Frigiven?"

"Fri att begravas. Begravningen är i övermorgon i Aarau. Har du inte fått nån inbjudan?"

Nej, det hade hon inte. Marika försökte inte tänka sig in i vad det kunde betyda. Kanske var det bara posten som var långsam.

"Jag fick i förrgår. Ska du gå?"

"Du vet ju att jag inte får lämna Basel."

"Men hör nu. Det är ju verkligen ett undantag. Det kan polisen omöjligt ha några invändningar mot." Det var Marika inte så säker på, men hon sa ingenting. "Ring och fråga bara. Jag hämtar dig också, om de tycker att du absolut behöver ha en vakthund."

"Okej, David. Jag hör av mig."

Marika lade på. Begravning. Francas begravning! Så rädd hon hade varit för det här ögonblicket. Det låg något så slutgiltigt i det. Men det var viktigt att hon gick dit. För Franca och för henne själv. Hon hade känslan av att hon behövde det avslutet. Beslutsamt tog hon telefonluren i handen och slog numret.

"Krim Basel, Brunn."

Han förstås. Marika hade hoppats att Forster skulle svara. Varför hade hon inte ringt honom på hans mobil. Det var hennes eget fel.

"Marika Wenger!" Han lät överraskad. "Vad kan jag hjälpa dig med?"

"På torsdag ska min väninna begravas i Aarau och jag skulle vilja …"

"Nej!"

Marika ryckte till. Det kändes som en örfil.

"Inte?" Hon förstod hur idiotiskt det måste låta.

"Du hörde rätt. Vi har gett order om att du tills vidare inte får lämna Basel."

"Men bara den eftermiddagen." Marika kände sig som ett barn som tiggde. "Och jag skulle bara vara i Aarau. Direkt när det är slut sätter jag mig på tåget och åker tillbaka till Basel."

"Vem garanterar det?"

"Jag." Marika tvingade sig att inte darra. Den här arrogante typen! Varför fick han tillåta sig så mycket?

"Det räcker inte för mig. Du vet varför du inte får lämna Basel."

"Det är verkligen ingen risk att jag skulle försöka fly." Det var bara med ansträngning hon kunde bibehålla ett artigt tonfall.

"Inte?"

"Jag anmäler mig hos er när jag är tillbaka."

En fnysning hördes i luren.

"Och min bror skulle hämta mig och lämna av mig."

"Nej, glöm det." Sedan hade han lagt på.

Marika hade brännheta tårar av ilska i ögonen. Vad inbillade den här arrogante karln sig? Var det inte den naturligaste sak i världen att vilja gå på sin väninnas begravning? Hon slängde på luren, flög upp och gick fram och tillbaka. Hon kände sig som i en fängelsecell. Och hon skulle gå på Francas begravning! Det var hon skyldig väninnan. Hon spratt till när telefonen ringde. David! Honom ville hon definitivt inte prata med nu.

75

Men hon tog luren ändå. "Jag är inte hemma", snäste hon i luren. "Det här är min telefonsvarare ..."

"Varför tror jag inte på det", hördes Forsters röst i telefonen. Det gick inte att missa den roade tonen i hans röst.

"O, förlåt. Jag trodde att det var min bror."

Marika slöt ögonen.

"Jag kan förstå om du är sur på min chef."

"Mer än sur. Jag skulle kunna ..." Marika kunde nätt och jämnt hejda sig.

"... strypa honom", avslutade Forster meningen till henne.

Marikas hjärta slog upp i halsen. Nu var allt kört. För Brunn skulle det här utbrottet vara kalasmat. Han skulle fila lite på det och skulle sedan äntligen ha ett skäl att anhålla Marika.

"Det kan jag verkligen förstå", sa Forster. Det låg lite skratt i hans röst. "Hör här, jag vill erbjuda dig en kompromiss, som till och med min chef går med på. Du åker med oss."

"Va? Vart då?" Marika hade tappat tråden.

"Till Aarau. Till Franca Cavallis begravning."

"Med er?"

"Ja, det vinner alla på. Du kan gå dit och min chef vet var du är."

"Eller har mig under kontroll."

"Så kan man också uttrycka det." Det låga skrattet igen. Marika blev förskräckt. Hade hon kanske uttalat sina tankar högt? "Och tycker du att det är okej?"

"Vad kan jag göra?" Han försöker bara vara vänlig och hjälpa dig, förmanade Marika sig. "Tack för hjälpen", sa hon efter en kort paus och visste hur lamt det lät.

"För all del. Är annars allt okej?"

Marika blev rädd. Hennes blick flög till hotbrevet som låg bredvid hennes dator. Sedan gick det upp för henne att han inte kunde veta något om brevet. Hon hade inte berättat för någon om det. Följaktligen kunde den informationen inte ha hamnat hos polisen via omvägar.

"Ja, det är efter omständigheterna bra.

"Säkert?" Han måste ha märkt hennes tvekan.

"Ja. Det bättrar sig allteftersom."

"Bra. Jag hämtar dig i övermorgon vid ettiden."

11

Marika hade känslan av att alla vände sig om och stirrade på henne, när hon gick in i kyrkan. Hon stannade obeslutsamt. Forster och Brunn gled ner på en bänk i sista raden. Sedan fick Marika syn på David. Han hade lyft handen och försökte få henne att förstå med gester att hon skulle sätta sig bredvid honom. Francas föräldrar såg upp. Deras ansikten uttryckte motvilja och det smärtade Marika. Efter ett kort telefonsamtal strax efter Francas död hade de inte talat mer med varandra. Vid det här laget visste de säkert att Marika räknades till de huvudmisstänkta. Såvida de inte också visste att hon var misstänkt med stort M. När Marika hade glidit in bredvid sin bror, fick hon syn på den lilla urnan som stod framför altaret. Franca! Tårarna steg i hennes ögon. Hon kunde inte ta blicken från den lilla behållaren. Var det allt som återstod av väninnan? Av den livsglada Franca? Runtom låg det kransar och buketter. Prästen gick upp i predikstolen och inledde gudstjänsten. Det var inte mycket Marika uppfattade av den. Inte mer än några lösryckta ord nådde henne. "Gått hem … meningslös död … god plats …"

Marika böjde ner huvudet. Nu rann tårarna ohejdat i hennes ansikte och droppade ner på händerna, som vilade knäppta i knät. David tog hennes hand och tryckte den hårt. Marika var tacksam över att ha honom där. Jämte hennes föräldrar och Franca var han den viktigaste människan i hennes liv. Franca fanns inte längre nu. Det gjorde honom desto viktigare.

Till slut märkte hon hur alla ikring henne reste sig upp. Urnan bars förbi dem. Först var det Francas föräldrar som anslöt sig. Sedan sköt David ut Marika i gången. Hon följde dem med sänkt huvud. Ur ögonvrån kunde hon se Brunn och Forster.

Utomhus duggregnade det i dimman. Det låg snöslask över gravarna och på gångarna. Även om temperaturen hade stigit lite jämfört med dagen innan tyckte Marika att det kändes mycket kallare.

Ute på kyrkogården sa prästen några ord. Sedan sänktes urnan ner i ett litet hål som var omgärdat av en krans. Marika hade känslan av att benen inte skulle bära henne längre, när behållaren försvann ur synfältet. David tog henne under armen. "Så", viskade han. "Var stark nu."

Begravningsgästerna gick den ena efter den andra. Några i riktning mot sina bilar, andra till restaurangen där minnesstunden skulle äga rum. Marika stod kvar och stirrade ner i den lilla öppningen. Hon kunde inte vända bort blicken. Det fanns ingen möjlighet att se urnan längre. Nu var det oåterkalleligt. Franca fanns inte mer. Hennes stoft låg i ett hål på en kyrkogård i Aarau. David och hon stannade kvar till sist vid graven. De andra gästerna hade redan gått lite åt sidan och hälsat på Francas föräldrar.

Farväl, sa hon till väninnan i tankarna. Tårarna rann över hennes kinder. Och jag ska hitta den som gjorde det här mot dig, sände hon med henne. Jag lovar dig att han inte ska komma undan ostraffad, om det så ska kosta mig livet.

"Kom." David drog lite i hennes arm. Marika lyfte på huvudet. Han spärrade upp ögonen. "Gode gud, Marika! Du ser ut som en hämndens ängel."

Marika knyckte på nacken. "Du tar inte fel."

Han lade händerna på hennes axlar. "Lova mig att du inte gör något oöverlagt. Det där med examensarbetet känns inte bra. Jag skulle hellre se att du …"

"Du har lovat, David."

"Har du hittat nåt?"

"Inte än. Men jag ska." Hon kastade en sista blick på Francas grav och vände sig sedan bort. David ledde fram henne till Francas föräldrar och beklagade sorgen. När Marika steg fram, vände sig Francas mamma bort.

"Anna …", började Marika.

"Det hade varit bättre att du inte hade kommit", avbröt Francas far henne.

"Varför det? Jag har inte gjort nåt. Jag …"

"Du har dödat henne!" Några människor som stod i närheten blev uppmärksamma på Marika och granskade henne från topp till tå.

"Det är mörderskan", hörde Marika hur de tisslade och tasslade. "Att hon har mage att visa sig här."

"Franca måste ha gjort motstånd, att döma av blåtiran."

"Det hjälpte tyvärr inte."

"Hoppas hon får sitt rättmätiga straff."

"Varför gjorde du det?", frågade Francas mamma med kvävd röst.

"Det var inte jag." Förtvivlan bredde ut sig inom Marika. Det hade Brunn och Forster gjort bra. Nu trodde verkligen alla att hon hade dödat väninnan. Styrkan som hon hade fått vid graven gav vika nu.

"Det var inte jag", upprepade Marika.

"Vi vill inte att du kommer med till restaurangen. Var vänlig och ta inte kontakt med oss mer." Francas pappa tog sin fru under armen och drog henne därifrån. Marika tänkte följa efter dem, men David höll henne tillbaka. "Låt dem vara. De behöver lite distans."

"Det var inte jag!" Marikas ben vek sig. Hon sjönk mot brodern, som fångade upp henne.

"Jag vet", mumlade han och strök med handen över hennes rygg. Marika lät tårarna rinna fritt nu. Plötsligt märkte hon att David stelnade till.

"Vad vill ni?"

"Vi vill åka tillbaka till Basel." Det var Brunns röst.

"Åk då!", snäste David åt honom.

"Men din syster måste följa med oss."

"Är ni verkligen så känslokalla? Har ni ingen anständighet i kroppen? Ser ni inte hur det är med henne? Hon håller på att kollapsa och ni har inget annat i huvudet än att ..."

Marika lyfte huvudet. "Det räcker, David."

"Nej, det räcker inte", skrek han upprört. "Jag kan också köra min syster till Basel."

"Nej." Brunn var omedgörlig.

"Låt det va, David." Marika hade inga krafter för att diskutera. Hon ville bara komma till ett ställe, där hon kunde få vara ensam.

"Är det säkert?" David tog om Marikas axlar. Marika nickade. "Om det är nåt, om du behöver nåt eller bara vill prata, så vet du var jag är."

"Tack, David."

Han böjde sig ner mot henne och kysste henne på båda kinderna. "Gör inget dumt", viskade han i hennes öra. "Och ta inga onödiga risker." Han släppte henne högst motvilligt. Det verkade som om han tänkte säga något till poliserna, men sedan skakade han bara på huvudet och travade iväg.

"Marika." Marika ryckte till, när Brunn rörde vid hennes arm.

Hon tog ett steg åt sidan. De gick tigande till Forsters Maserati Coupé. Forster fällde fram förarsätet och Marika gled ner i baksätet. Forster förde tillbaka ryggstödet och slog igen bildörren. Hon slöt ögonen. Tårar sipprade fram under hennes ögonfransar. Marika torkade bort dem med en näsduk.

Hon måste ta sig samman. De båda poliserna hade redan sett henne gråta tillräckligt. Hon anade också vad Brunn hade fällt för kommentar om det: "Snygg show."

Nu behövde hon inte ge honom ytterligare tillfälle.

"Vänta", hörde hon Brunn säga genom den stängda bildörren.

"Du och dina cigarretter", svarade Forster.

"Du begriper ju ingenting."

"Okej, okej. Vi måste förresten köra runtom."

"Runtom?"

"Staffelegg är avspärrat. Det har varit en olycka med en tankbil."

"Underbart", stönade Brunn.

Rösterna sänktes. Tydligen avlägsnade männen sig från bilen. Men Marika fortsatte ändå att hålla ögonen slutna. Hon visste att det fanns begravningsgäster som var på väg till sina bilar på parkeringsplatsen. De kastade säkert nyfikna blickar på Forsters Maserati och pratade om mörderskan som fortfarande var på fri fot men i alla fall under poliskontroll. Andra undrade antagligen också varför hon fortfarande var på fri fot och blev skjutsad omkring i den här lyxbilen. Marika sjönk ner mot ryggstödet och rörde med handen vid sätet. Hon strök lätt över lädret. Den känslan gav henne oförklarligt nog lite tröst och någon sorts säkerhet. Nej, det var mer än så. Hon kände sig trygg i bilen. Det var som om Maseratin skärmade av henne från allt.

Efter en stund öppnades framdörrarna. Marika förnam att de två männen satte sig in. Brunn förde med sig en röksky in i bilen som fick Marika att må illa. Hon andades ytligt, in genom munnen och ut genom näsan. Det hjälpte lite grand. Motorn startade och bilen började gå. Marika lät sig gungas i rytmen, men blev sedan tvungen att öppna ögonen eftersom illamåendet kom tillbaka. Franca hade skrattat åt att Marika lätt blev "sjösjuk", som hon kallade det – det spelade ingen roll om det var i bil, på en båt eller till och med på tåg.

Plötsligt märkte Marika att Forster tittade gång på gång på henne i backspegeln. Hon tittade snabbt ut genom sidofönstret. Forster vred in på uppfarten till motorvägen och ökade farten. Men strax var han tvungen att bromsa häftigt. Han svor till.

"Du hade åtminstone kunnat lyssna på trafikinformationen", klagade Brunn.

"Vem skulle tro att det redan var kö här mitt på dan", morrade Forster tillbaka.

"Sätt på blåljuset, jag vill hem."

Forster kastade en sidoblick på sin chef. "Vi är inte på nån riktig utryckning."

"Jo!" Brunn böjde sig fram och tog fram en rund lampa under sätet.

Forster suckade. "Nej. Du vet att jag inte tycker om att missbruka såna medel." Han slog på radion. Det ljöd popmusik. Han slog takten till låten med tummen.

"Du och din anständighet", knorrade Brunn. Han sköt in lampan under sätet igen och tog fram cigarretter."

"I min bil är det förbjudet att röka."

"Men herregud, Simon! Bara en. Det gör mig nervös att sitta i bilkö. Speciellt när jag sitter bredvid."

"Du ville ju inte köra själv."

"Det är ju du som har den bekvämaste bilen." Han stack in cigarretten i munnen men tände den inte.

"Du kan ju låta mig köra." Hans mun drogs till ett flin.

"Glöm det! Dig skulle jag inte ens anförtro en skrotfärdig bil."

"Du unnar mig ju ingenting", morrade han, sög på cigarretten och tog ut den ur munnen. Han gjorde en grimas och höll upp cigarretten. "Kan du inte göra ett undantag idag?"

"Nej!"

Med ett morrande satte Brunn cigarretten mellan läpparna igen men han tände den fortfarande inte. Han brummade något som Marika inte uppfattade. Sedan vände han sig om mot henne och höll fram paketet till henne. "Vill du ha en?"

"Nej tack. Jag röker inte."

"Snyggt försök, Fritz", sa Forster. I backspegeln kunde Marika tydligt se leendet som lekte kring hans mun. Han blinkade minsann till henne.

"Er ungdomar kan man inte räkna med längre", knorrade Brunn och stoppade tillbaka cigarretten i paketet, som han lade ner i sin jackficka. Han vände sig till Marika. "Du vet inte vilken njutning du går miste om. Rökte Franca Cavalli egentligen?"

Frågan träffade Marika lika oförberett som ett slag i magen.

"Ja", svarade hon tyst.

"Och ni rökte aldrig tillsammans?" Marika skakade på huvudet. "Det förstår jag inte. Jag har alltid gärna tagit ett bloss med mina bästa kollegor."

"Franca började röka när hon träffade sin siste kille", hörde Marika sig själv säga mot sin vilja. "Förhållandet var knappt över förrän hon slutade. Från ena dagen till den andra. Men på senare tid rökte hon igen, även om hon inte medgav det." Hon tittade rakt framför sig genom framrutan. "Men hon kunde inte dölja det för mig, för kläderna stinker ... Jag menar, de tar ju till sig lukten."

Dessutom hade hon sett Franca för två veckor sedan när hon stod på balkongen vid uppehållsrummet i mörkret. Först hade Marika velat göra henne sällskap, glad över att få växla ett par ord igen, för väninnan var helt upptagen av sitt examensarbete. Sedan hade hon lagt märke till cigarretten i hennes hand. Franca hade tagit giriga bloss. Knappt var en cigarrett slutrökt förrän hon tände en ny och rökte slut den lika snabbt. Hon hade dragit ner röken djupt i lungorna och sett ut som en drunknande som klamrade sig fast vid ett halmstrå.

Nästa morgon hade Marika frågat henne om hon börjat röka igen.

"Var har du fått det ifrån?", svarade hon förargat. "Du vet ju att det bara var för Dieters skull jag började. Egentligen så var jag glad när han gjorde slut och jag äntligen kunde sluta. Jag har ju alltid tyckt att det är äckligt." Marika hade bara tittat stumt på henne. Franca hade flugit upp. "Jag måste till universitetet." Med de orden hade hon skyndat förbi henne.

Marika hade långsamt följt efter henne ut. Franca hade redan tagit ut sin cykel och susat iväg – med en cigarett mellan läpparna. Det hade sårat Marika att väninnan inte hade varit uppriktig mot henne. Även om det egentligen bara var en bagatell, som det inte var lönt att bli upprörd över. Dessutom var det hennes ensak om hon rökte eller inte. Men ändå!

På kvällen hade Marika just öppnat fönstret på sitt rum och tänkte gå och lägga sig, när en pust av hampalukt svepte in. Marika hade irriterat tittat ut för att se vem som rökte en joint. En blick åt vänster avslöjade att det var Franca. Väninnan hade inte märkt henne. Hon tittade ut i fjärran. Hon hade dragit ner röken djupt i lungorna och suckat njutningsfullt. Marika hade stängt fönstret tyst. När pressen med examensarbetet var över skulle hon prata med henne, det hade hon bestämt sig för. Så här kunde det inte fortsätta. Men tidigare var det inte lönt.

Och nu var Franca död. Nu var det för sent att prata. Marika gjorde sig förebråelser. Det hade säkert inte gått så långt om hon hade tagit initiativet. Varför hade Franca inte anförtrott sig åt henne?

Marika blev varse en rörelse framför ögonen och återvände till nuet. Forster hade lyft armen och höll fram ett paket pappersnäsdukar mot henne. Hans ögon tittade i hennes riktning i backspegeln. Marika konstaterade förskräckt att tårarna rann över hennes kinder.

"Tack", mumlade hon och sträckte sig efter paketet. Hon tog en näsduk och räckte tillbaka dem till Forster. Under tiden hade kön glesats ut. Forster var precis på väg att köra om en lastbil. De var till och med nästan framme i Basel. Snart skulle hon vara ensam. Äntligen!

Forster lämnade motorvägen och körde i riktning mot stan.

"Släpper du av mig först?", sa Brunn. Han höll sitt cigarrettpaket i handen.

"Visst."

Tio minuter senare stannade Forster vid vägkanten. Brunn hoppade ur bilen och slog igen dörren till passagerarsätet. Han tände en cigarret och stövlade därifrån.

Eftersom Forster inte startade tittade Marika framåt. Återigen iakttog han henne i backspegeln.

"Vill du inte sitta fram?" Han slog på passagerarsätet med högerhanden.

Marika skakade på huvudet, men Forster steg ur. Han fällde fram sätet. "Det är så trångt därbak. Kom nu." Han räckte henne handen.

"Okej." Hon steg ur utan att bry sig om Forsters hand, gick runt bilen och gled ner i framsätet. "Men du behöver inte köra mig hem. Jag kan …"

"Inga problem", avbröt Forster henne. "Jag leker gärna taxi åt dig."

Han blinkade och inordnade sig i trafiken. Marika tog snabbt på sig bältet. De körde under tystnad till Bruderholzhospitalet. Forster stannade vid vägkanten.

Nu har jag tillfället att berätta om hotbrevet för honom, for det genom hennes huvud. När Forster hade hämtat henne vid middagstid hade Brunn redan varit i bilen, och Marika hade förkastat idén. Hon velade. Nej! Inte än.

"Klarar du dig själv eller ska jag komma med upp?"

Bara inte det! "Tack så mycket för att du säger det, men jag vill gärna vara ensam."

"Är du säker på det?"

Marika nickade och öppnade dörren. "Tack så mycket för skjutsen."

Hon inväntade inte hans svar, utan steg ur snabbt och skyndade sig till personalboendet. I dörren kastade hon en blick tillbaka. Forsters bil höll fortfarande vid vägkanten. Marika öppnade sin brevlåda och stirrade på det blanka kuvertet som låg där. Hon vacklade till, för hon förstod vad det måste vara. Dessutom insåg hon att det här brevet liksom det förra inte hade skickats med posten. Någon hade personligen lagt det i brevlådan.

Marikas mage hölls i ett kallt grepp. De, vem "de" nu var, var alldeles i närheten och ville visa henne det. Vi håller ögonen på dig och vet om varje steg du tar, var budskapet.

Hon lyfte på huvudet. Forsters bil stod kvar vid vägkanten. Hon önskade att hon var tillbaka i Maseratin, tillbaka i tryggheten som hon hade känt där. Marika tog ett steg mot utgången, men motstod impulsen att springa till honom.

Forster lyfte handen till avsked och startade bilen. Han körde långsamt längs gatan och tog av. Marika kände sig hjälplös och ensam. Snälla stanna, skrek det inom henne. Lämna mig inte ensam! Hon darrade. Benen hotade att vika sig.

"Är allt som det ska?", hördes plötsligt en kvinnoröst bredvid henne. Marika for runt och såg in i Giselas ögon. Den rundlagda sjuksköterskan som bodde i andra änden av korridoren på hennes våning. Hennes min var bekymrad. "Du är kritvit i ansiktet."

"Allt är som det ska", fick Marika fram.

"Är det säkert?"

Marika nickade och flydde. Som tur var öppnades hissdörren med detsamma. Dörrarna gick igen. Marika lutade sig mot väggen och försökte andas lugnt. Skärp dig, förmanade hon sig själv. Du klarar det. Du måste klara det. För Francas skull.

Marika var glad att hon inte mötte någon mer på väg till rummet. Hon undvek att titta på Francas rumsdörr och slank in på sitt rum. Det hade just börjat skymma och det blev mörkt.

Marika tände ändå inte ljuset. Hon trampade av sig skorna och rev upp kuvertet. Till och med i skymningsljuset som rådde kunde hon tydligt se meddelandet.

84

Vi har inte hur mycket tålamod som helst. Tänk dig noga för innan du gör något.

"Mördare!", skrek Marika.

Hon knycklade ihop papperet och kastade det mot papperskorgen, men missade. Hon andades tungt. Tårarna brände i ögonen och hon såg den lilla urnan för sig igen. Så vilsekommen den hade verkat framför altaret trots alla blommor. Marika kastade sig så lång hon var på sängen. Nu var det definitivt. Franca skulle aldrig komma tillbaka mer. Hon var bara en hög aska, som låg i ett hål på en kyrkogård i Aarau. Hon var tvungen att fortsätta. För Francas skull! De, vem de nu var, skulle inte komma undan ostraffat. Det hade hon lovat Franca.

12

Marika gned sig i pannan och stirrade på datorns bildskärm. Så här kom hon ingenvart. Hittills hade hon inte hittat någonting i texten som kunde förklara Francas död. Och vid det här laget hade hon läst den flera gånger. Hon trummade frustrerat med fingrarna mot bordet, stängde Word-dokumentet och stirrade på Explorer. RFA-undersökning glas, RFA-undersökning bergarter. RFA – röntgenfluorescensanalys. Hur länge sedan var det? Marika kunde inte minnas att hon verkligen hade sysslat med något sådant. Så glad hon hade varit då när hon hade avslutat det kapitlet. Nu låg materialet och dammade på föräldrarnas vind. Hon suckade, för hon skulle tydligen inte komma ifrån att befatta sig med kemi.

Marika öppnade Word-dokumentet igen och läste igenom beskrivningen av röntgenfluorescensanalysen. Den var intetsägande, för det var bara en beskrivning av hur proverna skulle förberedas. Någon utvärdering hade Franca inte gjort. Eller, rättade hon sig, hon hade inte formulerat den i ord. Med en suck klickade Marika på RFA samtliga bergarter. På skärmen dök det upp en Exceltabell med en massa siffror. Marika tittade så länge på dem att värdena började flimra framför hennes ögon. Hon blinkade.

Hur kunde man bara göra något sådant frivilligt? Marika scrollade genom dokumentet. Sedan klickade hon på nästa Excelmapp, som innehöll diagram. Det såg ju ännu virrigare ut. Marika gick tillbaka.

"SiO_2, 55.29", läste hon högt. "TiO_2, 0.48, Al_2O_3, 20.69 … glödgningsförlust, 11.58."

Det började krypa i hela kroppen på henne och hon kunde inte sitta still längre. Marika gick fram och tillbaka i rummet med armarna i kors över bröstet. Till slut stannade hon mitt i rummet och stirrade på skärmen. Förbaskade geokemi! Om det överhuvudtaget fanns en ledtråd, så måste den ligga gömd i tabellerna med mätvärden.

Skulle hon fråga någon på institutionen som kunde förklara siffrorna för henne? Nej, det skulle hon inte, bestämde hon. Hon måste klara av det själv, för hur skulle hon förklara sitt plötsliga intresse?

I vanliga fall gick Marika inte i närheten av sådana ting. Det var allmänt känt. Om det dessutom kom ut att hon hade

Francas examensarbete och dolde detta, hade Brunn sitt skäl att ta in henne. Hotbreven skulle inte heller hjälpa henne då. Hon suckade till och satte sig vid skrivbordet igen. Siffrorna började på nytt simma framför hennes ögon. Marika bet på pekfingernageln och tog tag i musen med den andra handen. Hon scrollade vidare nedåt och plötsligt fick hon syn på gulmarkerade fält. Halten av nickel och krom var förhöjda i de här proverna. Marika rätade på sig med ett ryck.

Förhöjda nickel- och kromvärden! Betydde det något? Förmodligen, annars skulle Franca inte ha markerat de här siffrorna. Innebar det att Franca hade två olika tufflager inom sitt område eller var detta den verkliga ledtråden?

Marika skakade på huvudet. Nej! Man blev inte mördad på grund av förhöjda nickel- och kromvärden i ens prover. Å andra sidan var de inte bara förhöjda. Värdena avvek helt. Marika kände hur hennes hjärta började slå fortare. Hon måste gå till institutionsbiblioteket i morgon. Det var bråttom!

13

Marika satte igång datorn. Hon var frustrerad. På biblioteket hade hon inte hittat någon förklaring till förhöjda nickel- och kromvärden. Hon hade försiktigt frågat några mineralogistudenter. Först hade hon fått förvånade blickar. Varför ville hon veta det? "Jag bara undrade", hade hon svarat. Ingen hade kunnat eller velat hjälpa henne. Alla hade varit upptagna med sitt eget och det var kanske bäst så. För Marika hade märkt hur man gång på gång tittade ogenerat på henne och hur det tisslades och tasslades bakom hennes rygg.

Eftersom hon hade en del att göra som blivit liggande hade hon bara snabbt lånat några böcker och antingen hon ville eller inte fått skjuta upp examensarbetet till kvällen.

Startmusiken i Windows hördes och Marika öppnade tabellerna på nytt och stirrade som förhäxad på de markerade fälten. Hon klickade på ett av fälten och rörde sedan pekaren över tabellen. Hennes blick drogs till en flik vid dokumentets slut som inte hade någon titel. Även om tabellen antagligen skulle vara tom där klickade Marika på registret. Till hennes överraskning var tabellen inte tom, utan även den fylld med värden från analyser av bergarter. Analyser av mark med förhöjda TM-tuffer plus sidobergart, löd överskriften.

Marika förvånade sig. Också här var nickel och krom avvikande. För jämförelsens skull hade Franca tydligen analyserat bergarter som omgav tuffer med normala nickel- och kromhalter. Där hade Franca noterat "normala värden" i marginalen.

Marika lyfte på huvudet. Det här måste ju vara något. Hade hon kommit det på spåren nu?

I slutet av tabellen stod det Galva-Int. Vad var det för något? En ny analysmetod? Marika var inte à jour med sådant. Hon gick beslutsamt in på internet och skrev in namnet på Google. Det blev en massa träffar. Hon klickade på den första länken. "Galva-Int.home". Det var emellertid en firma och inte någon undersökningsmetod.

"Vi gör all galvanisering åt er. Effektivt och prisvärt", stod det.

Marika återvände till söksidan på Google och scrollade genom listan. Det hänvisades hela tiden till firman. Varför antecknade Franca en galvaniseringsfirma i sitt examensarbete?

Galvanisering? En gång i tiden hade Marika vetat vad det var. Hon stirrade upp i taket och funderade. När hon inte kom på det, gick hon till Wikipedia.

Galvanisering (kallas även elektroplätering) innebär att man på elektrokemisk väg åstadkommer metallutfällningar (överdrag) på föremål ... Vid galvaniseringen leds ström genom ett elektrolysbad. Metallen som ska utgöra överdraget befinner sig vid pluspolen (anoden) – t.ex. koppar eller nickel – och vid minuspolen finns föremålet som ska beläggas. Den elektriska strömmen lösgör då metalljoner från pluspolen och fäller genom reduktion ut dem på varan. På så vis får föremålet som ska förädlas ett heltäckande och jämnt överdrag av respektive metall, till exempel koppar, nickel eller krom.

Just det. Nu kom hon ihåg. De hade till och med gjort experiment på laborationerna i kemi. På den tiden hade hon tyckt att det var tråkigt. Men vad hade allt det här med analys av tuffsten att göra? Hon googlade på galvanisera och fick många träffar. En länk hade rubriken galvaniskt slam. Vad var nu det igen? Kemiföreläsningarna låg verkligen för långt tillbaka i tiden. Marika klickade på länken och läste på WECO-BIS hemsida.

Slam som uppstår när avloppsvatten från galvanisering renas. Med hjälp av galvanisering täcks föremål med ett tunt metallskikt för att få egenskaper som glans, hårdhet, korrosionshärdighet och ledningsförmåga. Galvaniskt slam innehåller alla metaller som används i galvaniseringsprocessen i form av hydroxider eller oxidhydrat, speciellt järn, krom, nickel, koppar, zink, och i mer ringa omfattning också bly, tenn och kadmium.

Nickel? Kadmium? Marika gick över till Exceltabellen. Allthop var sådana tungmetaller som var förhöjda vid en del prover. Hon klickade på sidan med Galva-Int. och fortsatte läsa. *Vi är effektivare än våra konkurrenter. Och resultatet går inte av för hackor ...*

Men Marika kunde inte koncentrera sig längre. Det började flimra för hennes ögon. Vad hade det ena med det andra att göra? Syftet med examensarbetet hade helt klart ingenting att göra med de här sakerna. Hon borde sluta med sina utvikningar och hitta motivet till mordet på Franca.

Hon stirrade mot fönstret. Uttrycket galvaniskt slam fortsatte att snurra i hennes huvud. Hon visste inte varför det hade fastnat så. I stället för att gå tillbaka till examensarbetet surfade hon vidare på hemsidorna hos andra galvaniseringsföretag. Varför berömde Galva-Int. sig av att vara bättre och snabbare än konkurrenterna? Marika gned med handflatan över pannan. Då föll hennes blick på klockan. Den hade redan passerat midnatt och hon var dödstrött. Men det var något som höll henne vaken. Galvaniskt slam ... Något ringde i bakhuvudet på Marika, men innan hon kunde hålla fast tanken var den försvunnen. I vilket land bedrev Galva-Int. egentligen sin verksamhet? Marika sökte efter etableringsorterna. Holdingbolaget fanns i Zug. I Schweiz? Marika hajade till. Produktionen var förlagd till Indien, Sydafrika, Kina, Brasilien, Turkiet och Italien ... Så här kom hon ingenstans.

Marika stängde datorlocket med en bestämd rörelse. Hon var tvungen att komma ut i friska luften. För det här gav ingenting. Hon kastade en ängslig blick ut i mörkret. Helst skulle hon ha tagit en promenad, men rädslan höll henne tillbaka. Hon fick nöja sig med terrassen. Marika tog sin jacka och lämnade tyst rummet. Hon smög sig till köket. I hennes del av kylskåpet stod det kvar en öl. Den lilla flaskan fick henne att stirra som hypnotiserad. Hon hade alltid haft en flaska öl hemma till Franca. De båda hade ofta pratat till sent på kvällen. Marika med ett glas vin i handen och Franca, helt otypiskt för en kvinna från Syditalien, med en flaska öl. Eftersom Franca ofta inte hade någon öl kvar, hade Marika lagt upp ett litet nödlager. Fastän hon inte tyckte om öl tog hon flaskan. Idag kände hon för det. Dessutom gav det henne känslan att komma närmare Franca. Hon hämtade en flasköppnare. När hon hade dragit upp kapsylen, skummade flaskan över och ölen rann ner på hennes hand. Marika slickade bort den och fick tillstå att hon faktiskt verkade tycka det var gott med öl idag.

Med flaskan i handen gick hon ut på den gemensamma terrassen, lutade sig mot väggen och höjde flaskan. Skål för dig, Franca, tänkte hon och tog en stor klunk. Hon hade aldrig varit full och tyckte till och med att det var motbjudande, men idag önskade hon att hon fick dricka sig redlöst berusad. Men hon motstod impulsen. Hon behövde vara klar i huvudet. Marika tog en klunk till och tittade på ljusen i stan.

Marika ställde ner kaffekoppen bredvid datorn på skrivbordet. Det var redan fjärde koppen. Och klockan hade hunnit bli över fyra på morgonen. När hon hade kommit tillbaka till sitt rum halvt genomfrusen, hade hon egentligen tänkt sova.

Fast hon var dödstrött hade hon inte lyckats somna. Hennes hjärna arbetade för högtryck. Hennes tankar återvände gång på gång till Francas examensarbete. Hon hade en känsla av att vara mycket nära lösningen. Till slut hade hon stigit upp och satt på datorn.

Hon hade suttit och sökt på internet hela tiden och inte kommit någonvart. Vad var det hon missade? Hon var säker på att det var något hon missade. Men hon kunde inte hålla fast tanken som dök upp. Galvaniskt slam ... Varför gick hennes tankar envist tillbaka till det uttrycket?

Marika sökte på hemsidorna hos andra galvaniseringsfirmor. Det skulle kanske hjälpa henne på spåret.

Vi har kommit fram till en miljövänlig hantering av avfallsvatten och slam, som innebär att ingenting släpps ut i naturen, läste hon och ryckte till. Stod det något sådant hos Galva-Int. också? Hon gick tillbaka. Nej, ingenting. Alla de andra firmorna som hon hade gått in på hade uppgifter om hur de skonade miljön. Marika lyfte på huvudet.

Återigen dök en tanke upp i hennes huvud. Den här gången lyckades hon fånga den. Hon blev förskräckt. Nej, så kunde det inte vara. Nu skenade fantasin iväg med henne.

Italien! Hon gick till Google Maps och skrev in namnet på den italienska firmans hemort. Hon stirrade på kartan som kom upp. Vad hade det att säga henne? Hennes blick vandrade utmed skärmen och fastnade vid ett namn.

Herregud, det ena produktionsstället var ju alldeles i närheten av Palinuro!

Hon klickade på "Maps" på Google. Där skrev hon först in Palinuro och sedan namnet på produktionsorten. Verket låg bara fem mil från Palinuro. Galvaniskt slam ... Plötsligt blev Marika alldeles het. Var det verkligen möjligt? Men tanken bet sig fast och gick inte att bli av med. Galva-Int.:s övriga tillverkning låg i länder som inte arbetade så mycket med miljöskydd och inte hade mycket pengar, men kunde behöva den varan.

Marika gned ögonbrynen. Nu föll till och med hotbreven på plats. Eller var det för långsökt? Kunde en firma som Galva-Int. ha så mycket makt? Hur stor var firman för övrigt? Marika återvände till hemsidan.

Wow, det var ju ett jätteföretag. Mycket större än de andra som hon hade hittat så här långt. Hon skakade på huvudet.

Det verkade overkligt. Å andra sidan hände det så mycket i världen som man inte hade trott vara möjligt. Marika öppnade Explorer. Hon måste titta mer på en geologisk karta. Visserligen kunde hon inte minnas att Franca skulle ha markerat fyndplatserna för sina prover, men hon hade kanske sett förbi något. Av misstag klickade hon inte på map, utan på mapT. Hon svor till. Det måste vara den gamla kartan. Hittills hade hon inte ägnat någon uppmärksamhet åt det dokumentet. Timglaset snurrade envist på skärmen. Marika trummade otåligt med fingrarna mot skrivbordet. Äntligen kom kartan upp. Marika tänkte stänga den med detsamma, men stelnade till mitt i rörelsen. Varför hade hon inte kommit på den idén tidigare?

Det var inte en gammal version av kartan. Den såg likadan ut som den andra, bara med den skillnaden att koncentrationen av tungmetaller var inritad som tillägg. Det inskränkte sig till ett relativt litet område som hade formen av en oval. Koncentrationen var som högst på ett ställe. Åt söder till avtog den sedan i en halvcirkel. Norrut hade Franca inte funnit några prover med tungmetaller eller rättare sagt, där var ingenting inritat.

Marika böjde sig närmare skärmen. Om man kunde lita till höjdlinjerna, så måste det vara en bergssluttning eller något liknande. Kanske en gruva? Var det någon som tippade ner material som var förorenat av tungmetaller? Galvaniskt slam …

Hon måste åka till Palinuro och få en bild av området på plats. Men hon kunde inte åka iväg. Skulle hon inviga Forster och Brunn i saken? Skulle detta och de slutsatser hon drog av det utgöra tillräckliga bevis? Tillräckliga bevis för att hon var oskyldig?

Nej. Polisen skulle inte tro henne. Hon kunde precis föreställa sig Brunns kommentar.

"Du har livlig fantasi", skulle han säga på sin breda Baseldialekt. "Först breven och nu det här. Snyggt försök för att förklara varför du hittills har tigit om att du hade en kopia av examensarbetet. Men det gör dig så mycket mer misstänkt nu, eftersom du har undanhållit oss det."

Väckarklockan på Marikas nattygsbord skrällde. Hon hajade till. Dags att gå upp. Marika sjönk ihop. Plötsligt kände hon sig trött och urlakad. Det var tanken på att ha missat något som hade hållit henne vaken hela natten. Nu gick luften ur henne. Marika tog en klunk av kaffet som blivit kallt, men koffeinet hade inte önskad verkan. Hon kände sig frestad att lägga sig. Nej! Hon måste till universitetet.

Igår hade hon föresatt sig att återgå till vardagen. Det hade hon talat om för professor Finn och Frauke Gnais också. Nu när hon hade fått löfte om lektorstjänsten måste hon visa sig – trots allt.

Marika bestämde sig för att duscha först. När hon stod i duschen tog hon kallare och kallare vatten. Och till slut när hon kom ut ur den frysande kände hon sig lite mer alert. Hon drog snabbt på sig kläderna och slank ut ur rummet.

Frukosten hoppade hon över, för hon kände sig inte hungrig. Marika tog hissen ner. Sedan skyndade hon förbi brevlådorna men hejdade sig med en gång.

Som om något magiskt drog henne vände hon om och öppnade till slut sitt postfack. Det låg ett litet vitt kuvert i det. Marikas hjärta började slå fortare. Hon tittade sig omkring. Ingen där. När hade kuvertet lagts dit?

Igår kväll hade postfacket varit tomt. Budbäraren måste ha sett att hon var vaken. Hon tog ut kuvertet och slet upp det.

Vårt tålamod börjar ta slut. Om du inte slutar är du snart också en hög med aska.

Hur visste de att hon höll på med efterforskningar? De hade ju sökt igenom allt. Lägenheten. Tjänsterummet. Och det hade varit innan Marika hade fått examensarbetet med posten.

Hade de brutit sig in mer än en gång hos henne och inte lämnat några spår den här gången? Marika kände att benen ville vika sig och lutade sig mot väggen.

Var hon under bevakning hela tiden? Hon tittade sig förstulet omkring en gång till.

Marika lade ner kameran i väskan. Hon hade följt en ingivelse och gått till materialarkivet. Gregor som var materialansvarig hade förstås tittat förvånat på henne när hon frågat efter en kamera med mörkerseende.

”Ska du ut i terrängen nattetid?”, hade han frågat.

”Nej, jag behöver den privat”, hade hon svarat. ”Jag vill testa en sak.”

”Ja, vi har en sån kamera. Zoologerna har användning för den då och då.”

”Jag behöver den inte länge. En vecka kanske.”

Han hade tittat efter i olika listor. ”Okej, det är inga som har angett att de behöver den för tillfället.”

Marika var tacksam att han inte ställde några ytterligare frågor. Gregor hade hon alltid kommit bra överens med. Han kallades kärleksfullt för institutionens fossil. Den gamle mannen hade räckt henne kameran och bett henne skriva under en blankett för den.

Marika kastade en blick på bruksanvisningen, men beslöt sig för att läsa den senare. Hon blev rädd när det knackade på dörren. Reto sträckte in huvudet.

"Vet du var professor Finn är?"

"Ingen aning. Är hon inte på sitt rum?"

Reto skakade på huvudet. "Vad ska du med den?" Han pekade på bruksanvisningen i Marikas hand. "Ska du ut i fält på natten?"

"Nej." Marika tvekade. "Min bror frågade mig om jag kunde ordna en sån kamera. Han vill testa en sak."

Reto lutade sig mot dörrposten. "Testa nåt?"

"Fråga inte mig. Men gå inte och berätta om det, för jag vet inte hur det uppfattas om det kommer ut att jag har lånat kameran privat. David vill bara ha den i en vecka." Marika var förvånad över hur lätt det hade blivit att ljuga. Hon blev förskräckt över sig själv.

"Ja, då önskar jag honom mycket nöje med sitt experimenterande. Och nu måste jag verkligen ha tag i professor Finn. Vi ses."

Marika andades ut när Reto hade stängt dörren. Som tur var hade han inte kommit in i rummet och sett papperna som låg utbredda över hennes bord. Han skulle nämligen direkt ha fattat vad det var för något.

Nu var nästan allt färdigt. Hon väntade bara på att tryckeriet skulle skriva ut kartan. Då hade hon fått ihop allt och kunde åka till Italien. Hon blev alltmer övertygad om att hon måste vara där Franca hade arbetat och verkligen själv bilda sig en uppfattning på plats. Hon var tvungen att se det med egna ögon och kanske tala med folk därnere. Hon behövde bevis. Visserligen talade siffrorna för sig, men hon måste kunna ge polisen handfasta tips. Spekulationer hjälpte henne inte i den här situationen. Det skulle vara önskvärt med foton som visade hur slammet tippades.

Om hon bara kunde prata med någon om det här. Men alla bemötte henne med allt större distans. Lärarna och studenterna var visserligen vänliga mot henne liksom tidigare, men det tisslades och tasslades i smyg. Det var nästan värre än den öppna fientlighet som Francas föräldrar hade visat henne.

Det var bara ett fåtal personer som trodde att hon var oskyldig: hennes föräldrar, David och professor Finn. Ändå vågade Marika inte vända sig till dem. Och så de här hotbreven. Hade Franca också fått sådana? Hur många brev hade behövts för att de – Galva-Int. – skulle få nog och till slut mörda väninnan? Om hon invigde sina föräldrar i det, skulle de bli ännu oroligare, och David och professorn skulle omedelbart meddela polisen. Det var något som inte alls skulle passa Marika. Hon skulle bli ännu starkare misstänkt, så snart det stod klart att hon hade Francas examensarbete och nu till och med planerade att resa till Italien fast hon inte fick lov att lämna Basel.

Brunns anvisningar var tydliga och det var budskapet mellan raderna också. Om hon inte höll sig till dem, skulle han betrakta det som ett flyktförsök och få anledning att anhålla henne.

I det ögonblicket knackade det. Marika hoppade upp av förskräckelse. Samtidigt gick dörren upp och Forster steg in. "Professor Finn sa att du var här." Han stängde dörren och gick fram till henne.

Ilskan steg inom Marika. Kunde han inte lämna henne i fred någon gång? Trava in så där utan att vänta på att hon sa "Kom in". Varenda dag kom någon av poliserna och ställde frågor av något slag. Antagligen kände de på sig att hon hemlighöll något för dem.

"Vad vill du nu igen?", morrade hon åt honom. "Jag har inget mer att säga."

"Det är jag inte så säker på." Forster tittade på henne med ett egendomligt ansiktsuttryck.

Hon behövde bli av med honom, så att hon kunde koncentrera sig på sina kommande steg. Eller anade han något av vad hon hade i kikaren? Hon trodde att Forster var mer skarpsynt än Brunn.

"Räcker det inte att ni har lyckats få alla människor att tro att jag är en mördare?" Marika lade armarna i kors över bröstet. Forsters ögonbryn flög i höjden, men han svarade inte. Hans ansiktsuttryck sa ingenting. "Förstår du hur det känns?"

"Jag gör bara mitt jobb. Och jag har en känsla av att du skulle kunna underlätta det en del för mig. Men av nån anledning gör du inte det." Marika drog efter andan och öppnade

95

munnen, men Forster hann före henne. "Du ser inte speciellt pigg ut."

Marika tittade förvirrat på honom. "Jag har inte sovit så bra på sista tiden", sa hon till honom.

För en gångs skull behövde hon inte ljuga. Efter sin sömnlösa natt visste hon inte hur hon skulle kunna hålla sig på benen. Vid det här laget hade hon druckit mer kaffe än hon tålde. Det gjorde inte mycket nytta, hon kände sig som ett nervvrak.

"Jag har bara en liten fråga. Har du hittat Franca Cavallis arbete nu?"

Marikas hjärta hoppade över ett slag. Hon vände snabbt huvudet mot skrivbordet. Hennes reaktion hade inte undgått Forster. Han gick fram till bordet och tog upp ett av papperen.

Marika började svettas. Han vet! Eller rättare sagt, han anar något. Hon försökte verka avspänd. "Nej, det har jag inte. Är inte det ditt jobb?"

Hans ansikte var fortfarande uttryckslöst. "Kanhända, men du kanske har haft mer tur."

"Nej. Varför är du så intresserad av Francas arbete?" Hon lyckades låta helt normal, fastän hon var upprörd inombords.

"Det finns fortfarande inte några spår av arbetet. Inte ens delar av det finns. Inga anteckningar. Ingen kopia. Ingenting överhuvudtaget. Det är mycket märkligt."

"Du tror väl inte att arbetet är anledningen till att Franca blev mördad?"

"Det vet du kanske bättre än jag." Marika blev knäsvag. "På nåt vis kan jag inte tro på att Franca inte skulle ha talat med dig om arbetet."

"Hon berättade bara det jag redan har sagt."

"Varför kan jag inte tro dig?"

"Det är ditt problem."

"Det är precis det jag menar. Du kunde göra det lättare för oss genom att vara tillmötesgående. Vad är det här förresten?" Han höll upp papperet. "För mig låter RFA som en terrororganisation."

"Röntgenfluorescensanalys." Snälla, lägg tillbaka papperet och fråga inte mer, bad Marika i det tysta.

"Och vad är det till?" Forster tog upp ett papper till.

"Man mäter den kemiska sammansättningen hos en bergart med det. Var snäll och rör inte till papperna."

Hon blev allt dystrare till mods. Hur mycket förstod egentligen Forster av ämnet? Han låtsades visserligen vara ganska dum när det gällde sådana här saker, men det trodde inte Marika på. Hon hade en känsla av att han gjorde efterforskningar på egen hand och redan tillägnat sig en del kunskap."

"Och T1, S23 ..."

"Det är bergartens exemplarnummer."

Han nickade och lade tillbaka papperen. "Jag trodde att du höll dig ifrån sånt och hellre sysslade med dina fossil."

Hans blick hade ett uttryck som Marika inte kunde tyda. Men hon vek inte undan för den.

"Det betyder inte att jag inte också ibland måste göra sånt här. Så är det ju i alla jobb att man inte tycker om allt."

"Och vad är det där för nåt?" Forster pekade på ett bord.

"Jag antar att det är den delen som du tycker mest om."

Marika följde hans blick och andades ut. "Det är fossil som jag har tagit fram åt professor Finn. Hon ska ha förtentor inför examen i morgon."

"Tentor?"

"Inom den paleontologiska delen ska studenterna bestämma några fossil." Forster lyfte upp en av de små lådorna.

"Det är en svamp." Hon försökte dölja sin lättnad över att han tycktes ha tappat intresset för tabellerna.

"En svamp?" Han gjorde en förvånad min. "För mig ser det bara ut som sten." Han drog förläget på munnen. "Ursäkta en amatör. Och vad är det här?" Han pekade på en annan liten låda.

"Stromalotiter."

"Stroma ... vaddå? Vilken tid kommer de ifrån?"

"De äldsta förekommer under prekambrium. De kallas också för de äldsta fossilen."

"När var prekambrium?"

"För cirka 3,5 miljarder år sen."

"Wow. Det är länge." Han ställde tillbaka lådan.

"De finns idag med. Till exempel i Australien."

"Det måste vara nåra sega rackare. Och det här är en ammonit?"

"Du har klarat tentan."

Mot sin vilja tyckte Marika ändå att det var roligt. Han kände tydligen likadant. Hon visste inte för vilken gång i ordningen hon beklagade att hon hade mött Forster vid den här tidpunkten och under dessa omständigheter.

"När levde de?"

"Undre devon till slutet av krita."

"Och det är i år?", undrade han.

"416 till 65 miljoner år", svarade hon.

"Tja, det var ju nästan igår jämfört med när de där stroma uppträdde." Han skrattade.

I det ögonblicket ringde hans mobil. Forster rynkade pannan, när han tittade på displayen.

"Vad är det Fritz?" Marika stelnade genast till. "Var jag är?" Han flinade mot henne. "Jag får just stödundervisning i paleontologi ... Vaddå? ... Visst, det kan jag göra. Vi ses." Han lade ner mobilen i jackfickan. "Jag måste ge mig av. Om du kommer på nåt mer som Franca Cavalli kan ha sagt till dig om sitt arbete, så skulle jag bli glad om du ringde mig."

"Fråga professor Krüger. Det är ju faktiskt han som formulerat ämnet."

Forsters ansiktsuttryck mörknade. "Honom talade hon inte speciellt mycket med.'"

Inte undra på det, tänkte Marika, men hon teg still.

"Den sista uppgiften han har är att Franca var klar med …" Han tittade forskande på Marika, men hon gav inget svar "… kartan och hade börjat undersöka proverna. När hon började med analyserna, gick det hela på nåt sätt i stå. Några resultat har hon inte delgett honom. Han verkar inte speciellt glad över att allt är borta nu. Till och med samtliga prover är försvunna."

Forster räckte Marika handen, och hon tog den efter en viss tvekan. Han höll fast den ett ögonblick längre än nödvändigt och såg henne i ögonen.

"Som sagt, om du kommer på nåt, så är vi glada för alla upplysningar."

Han kastade en hastig blick mot hennes skrivbord, där bergartsanalyserna låg utbredda och rynkade pannan.

När han hade lämnat tjänsterummet damp Marika ner på skrivbordsstolen. Hon kallsvettades. Forster hade nu för andra gången stått precis framför Francas examensarbete, men var antagligen inte medveten om det. Någon nästa gång fick det inte bli. Så mycket var klart. Hon samlade snabbt ihop papperen i en bunt och stoppade ner dem i väskan. Hon tänkte titta inom på tryckericentret. De hade meddelat henne att kartan skulle vara klar på sena förmiddagen. Hon hoppades att de inte skulle fatta misstankar. Innan Marika hade skickat iväg beställningen hade hon redigerat kartan lite och tagit bort allt som kunde leda till Franca. Om kartan var färdig, kunde hon äntligen ge sig av. Ju fortare hon kom till Palinuro, desto bättre. Dessutom skulle hon då tills vidare vara ur sikte för Galva-Int. Det hoppades hon i alla fall. När hon hade fällt ner locket på datorn, knackade det på dörren.

"Ja?", sa Marika och retade sig på att rösten darrade.

"Marika. Så bra att jag träffade dig." Professor Finn gled in i rummet. "Har polismannen varit hos dig?"

"Ja." Marika böjde ner huvudet.

"Och den här gången var det mitt fel om han störde dig. Jag är ledsen."

"Det kan du inte hjälpa."

"Du är ju alldeles blek. Mår du inte bra?"

Marika nickade. "Det skulle vara skönt om jag inte behövde komma till institutionen de närmaste dagarna. För jag känner mig inte bra."

"Jag har ju sagt till dig att du kan stanna hemma. Men du envisas med att komma till jobbet. Ta det lite lugnt och försök att få distans. Jag vill inte se dig här de närmsta dagarna." Professor Finn hötte med pekfingret och såg allvarlig ut.

"Tack."

"Och om du behöver nån hjälp, så säg bara till." Hon gav Marikas axel en tryckning och gick till dörren, där hon stannade upp igen. "Var rädd om dig."

Med de orden var hon ute genom dörren. Marika tittade förvirrat efter henne. Så var det också avklarat. Lite grand skämdes hon över att ljuga för Angela Finn, men det var inget att göra. Hon var säker på att professorn skulle förstå henne längre fram.

Marika fällde upp datorn. Kanske det var bättre att först ordna med resan och sedan hämta kartan efter det. Tåg eller flyg? Hon gick in på internet.

14

Marika parkerade cykeln och skyndade mot ingången till personalboendet. Det stod en liten paketbil utanför. Marika hajade till och tittade in i den. Det fanns några lårar där. En flytt bara. Hon tog hissen upp och gick utmed korridoren. När hon kom runt hörnet blev hon stående som fastfrusen.

Francas dörr stod öppen. I samma ögonblick kom Claudio, den sex år äldre brodern, ut med en packlår ur rummet. Efter honom följde Francas pappa. Också de två stannade tvärt. Deras ansiktsuttryck blev genast bistert.

"Vad ska du?", frågade Claudio.

"Till mitt rum bara." Marika nickade mot dörren till sitt rum. "Och ni då?"

"Det ser du väl. Polisen låter oss förfoga över Francas saker nu."

Marika böjde ner huvudet. Inget konstigt, om de hämtade allt så fort som möjligt.

"Din förbannade mörderska! Jag kan bara inte fatta att du fortfarande går fri."

Marika tittade förskräckt upp. Claudio hade kommit nära inpå henne. Hatet brann i hans mörka ögon.

"Det var inte jag."

Hans ögon blev till springor. Plötsligt kände Marika sig rädd. I dörren till köket stod det två sjuksköterskor. Vid andra sidan korridoren hade ett gäng sjukskötare samlats. Nej, inte sjukskötare. De arbetar inte på sjukhuset, kom hon på. Men hon kunde inte dra sig till minnes var de var anställda. Nyfikenheten syntes tydligt i deras ansikten. Plötsligt insåg Marika att ingen skulle hjälpa henne om Claudio tog till handgripligheter.

"Förstår ni varför polisen låter en mörderska gå fri", ropade Francas bror nu till de omkringstående.

Det hördes ett mummel. Marika tyckte att hon urskilde ord som "obegripligt" och "i fängelse".

"Jag har inte mördat Franca!"

I det ögonblicket öppnades dörren mittemot Francas rum och Bernd Gretzer blev synlig. O, bara inte han, stönade Marika inombords. Han fick tydligen snabbt situationen klar för sig. Något som liknade skadeglädje bredde ut sig över hans ansikte. Han stod nonchalant lutad mot dörrposten med armarna i kors över bröstet.

Claudio gav henne en knuff. Marika tumlade bakåt. "Se till att du försvinner ur min åsyn, innan jag glömmer mig."

Marika flydde till sitt rum. Hon öppnade dörren med darrande hand – fullt medveten om blickarna som borrade sig in i ryggen på henne. Hon slank in, sköt igen dörren och vred om nyckeln två gånger. Med en suck av lättnad lät hon ryggsäcken dunsa ner på golvet och lutade huvudet mot träet. Från korridoren hörde hon ett virrvarr av röster, men utan att uppfatta vad som sades.

Hon måste iväg. Det var bråttom. Här kunde hon inte stanna. Hon måste till ett ställe där ingen kände henne och där det inte rådde några förutfattade meningar. När hon kom tillbaka, skulle hennes första uppgift bli att leta efter en ny lägenhet. Sedan skulle hon också säga till professor Finn att hon inte kunde ta lektorstjänsten. Det var visserligen en enastående chans, men vad nyttade det, när man betraktades som en mördare.

Marikas hjärta slog lika häftigt som innan, men andningen hade lugnat sig lite. Hon undrade om Claudio verkligen skulle ha gjort henne något fysiskt. Francas bror hade alltid varit en mycket älskvärd person. Men i hans ansiktsuttryck hade det inte funnits kvar ett spår av vänlighet. Marika kände hur det gick kalla kårar utmed ryggen.

Det gjorde ont att alla betraktade henne som en mörderska. Fram till nu hade hon trivts i sin värld på personalboendet och på universitetet. Alla hade varit vänliga mot henne och fått henne att känna att de uppskattade henne. Det var passé nu. Nu önskade alla att hon skulle bli dömd – ju förr desto bättre. Marika insåg att hon stod med ett ben i fängelset, men att offentligheten önskade det gav det hela en annan dimension.

Hon lyssnade. Utanför hade det blivit lugnt. Hon drog djupt efter andan. Nu fick hon se till att skynda sig. Marika gick genom rummet och öppnade garderoben.

15

Marika drog skärpet genom hällorna i jeansen. Sedan tog hon på sig jackan och stoppade tillbaka datorn i väskan. Hon hängde väskan över axeln och följde de andra resenärerna in i vänthallen. Där hittade hon en plats – lite på avstånd från andra. Hon satte sig ner och stirrade ut genom fönstret. En flygbuss kom körande och stannade vid utgången från Lissabonflyget. Hon satt och iakttog hur folk trängde sig igenom utgången och steg på bussen. I det ögonblicket ringde hennes mobil. Marika kastade ett öga på displayen och stönade. Men det dåliga samvetet infann sig med detsamma.

"Hej David."

"Syrran, hur är det?"

"Hur kan det vara?"

"Du hör inte av dig längre."

Marika blundade. Hon hade undvikit att ta kontakt med David. Han skulle säkert ha märkt att hon dolde något för honom. Då skulle han ha känt henne på pulsen och så småningom fått det ur henne för att sedan genast underrätta Forster och Brunn. Och det var vad hon allra minst ville just nu.

"Har du kommit på nåt?" Jag menar, fanns det nåt på cd:n som kan förklara Francas död?" Där var frågan hon varit rädd för.

"Nej", svarade hon efter en kort tvekan.

Hon hoppades att han inte skulle gräva vidare. David var tyst i andra änden. Han kände säkert att något inte var som det skulle.

"Attention please", ljöd i samma ögonblick en stämma i högtalaren. "Air Berlin Flight 3422 to Brussels. The aircraft is ready for boarding. Please proceed to gate four …"

"Vad gör du på flygplatsen?", kom det direkt från mobilen.

"Inget särskilt."

"Var är du? I Zürich eller på Euro-Airport?"

"Det spelar ingen roll."

"Marika!" Varför anar jag plötsligt oråd?"

Den metalliska stämman ljöd ur högtalaren igen. "Attention please. Air Berlin Flight 3463 to Naples. The aircraft is ready for boarding. Please proceed to gate eight…"

"Marika!"

"Jag måste sluta."

"Varför det?"

"Mitt flyg har ropats ut."

"Ditt flyg?! Vad i all sin dar ska du i Neapel?"

"Det har du inte med att göra."

"Om jag har!"

"Nej."

"Sa inte Brunn att du inte fick lämna Basel?" Marika svarade inte. "Jag tyckte inte att han verkade vara beredd att kompromissa när det gällde den saken." Hon teg fortfarande. "När jag tänker på vilket ståhej han ställde till med när du ville gå på begravningen. Vet han …" Men Marika hade redan lagt på.

Förlåt David, tänkte hon. Men du kommer att förstå längre fram. Mobilen i hennes hand ringde igen. Davids namn kom upp på displayen. Marika tryckte bort samtalet och stängde av mobilen. Hon släppte ner den i väskan och ställde sig i kö.

På bussen fick hon en fönsterplats. Kort efter startade bussen. Marika stirrade ut över flygplatsen utan att riktigt ta in något. Till slut gick hon som i trance uppför landgången och satte sig på sin plats.

Skulle hon ringa David när hon var framme i Neapel? Nej, bättre att låta bli. Han skulle bara ställa frågor. Det var bättre att han inte visste exakt vart hon var på väg och vad hon hade för sig. På de små tv-skärmarna som satt i taket visade man en film om flygsäkerhet. Därefter tog piloten kort till orda och hälsade passagerarna välkomna ombord. Sedan rullade planet ut till startplatsen, ökade farten och lyfte.

Marika tog fram sin Ipod. Hon valde lugn popmusik, lyssnade på en ballad av Gotthard och kunde faktiskt koppla av lite. Hon blundade. Forsters ansikte dök upp för hennes inre syn. Det knöt sig i magtrakten. Varför hade de inte träffats under andra omständigheter? Då skulle mycket ha varit annorlunda mellan dem … Nej, antagligen var det obesvarat. Hon sköt bestämt tanken ifrån sig, kände hur planet gjorde en kurva och somnade på direkten.

Marika vaknade inte förrän flygvärdinnan kungjorde att de hade börjat gå in för landning. Hon kände sig faktiskt lite piggare. Marika var förvånad över att hon hade kunnat sova. Antagligen hade sömnbristen byggts på undan för undan på sista tiden och därför kunde hon nu sova varsomhelst. Planet tog mark.

När de hade stigit ur, följde Marika de andra passagerarna till bagageutlämningen. Hon slog på mobilen. David hade försökt fyra gånger men inte lämnat något meddelande. Det var någon annan också som hade försökt nå henne. Marika klickade på meddelandet och Forsters namn dök upp. Han hade lämnat ett meddelande. Marika kämpade med sig själv och lyssnade till slut ändå av röstbrevlådan. "Det är Forster. Det skulle vara bra om du kunde ringa upp."

Det får du allt vänta på, tänkte Marika och slog ifrån mobilen. Hon förstod vilka konsekvenser det skulle få, men den dagen den sorgen. Kanske skulle hon lyckas hitta bevisen som krävdes och sedan skulle det inte längre vara någon risk att hon skulle hamna i fängelse. Det var åtminstone det hon hoppades på.

Hennes backpackerryggsäck dök upp på rullbandet. Marika hängde den på sig och styrde kursen mot utgången tillsammans med de andra passagerarna.

Nu skulle hon till järnvägsstationen och leta upp tåget till Pisciotta. Hon visste genom Franca att Palinuro inte hade någon station. Från Pisciotta skulle hon få ta en taxi den korta biten till hotellet. Så hade Franca också brukat göra. Hotell hade Marika redan bokat. Tack vare nätet hade det inte varit något problem. Som tur var hade Franca berättat var hon hade bott. Så som hon hade beskrivit det var det överkomligt och bra, en kombination man sällan hittade i Italien.

"Buon giorno", sa den rundlagde mannen i receptionen. Marika hälsade tillbaka och förklarade på italienska att hon hade bokat ett enkelrum. Hon hittade orden lätt. Hon kände smärta – någonstans djupt inom sig. Det var väninnan hon hade att tacka för att hon behärskade det här språket så bra. Hon hade envisats med att tala italienska med henne.

Portiern bläddrade i sina papper. Marikas blick följde hans pekfinger, som gled nerför sidan. "Signora Wenger?"

Marika tittade upp. "Si."

"Jag har ett dubbelrum, för de båda enkelrummen är upptagna. Men jag tar bara betalt för ett enkelrum. Går det bra så?"

Marika nickade och tog emot nyckeln. Hon frågade var hon kunde hyra en moped. Mannen böjde på huvudet och sa en adress.

"Det är min bror. Jag kan be honom komma hit."

"Det skulle vara vänligt", svarade Marika lättat och hoppades att den här släktaffären inte skulle bli för dyr för henne. De kom överens om att brodern skulle komma förbi med mopeden på eftermiddagen.

Marika sa tack och gick uppför trappan till andra våningen.

Sedan Marika hade hyrt mopeden på eftermiddagen – priset verkade tack och lov rimligt – körde hon ut till Francas undersökningsområde. Vädret var inte så fint – det var mulet och det blåste kallt, men hon lät sig inte hindras av det. Hon hade ju faktiskt varit ute i värre väder än så. Som geolog kunde man inte välja när man ville vara ute i fält.

Först ville hon skaffa sig en allmän överblick, innan hon åkte till den del där Franca hade hittat proverna med de förhöjda halterna av tungmetall. Det kändes skönt att bara åka omkring i omgivningarna och låta vinden leka i håret. Marika trängde envist bort tankarna på Franca och bara njöt av det vackra landskapet.

Hon stannade till och förundrades över utsikten över havet. Det var nästan som om det var lov. När solen sken måste det vara helt underbart vackert här.

Franca hade berättat för henne att hon hade gått ner till stranden om kvällarna när arbetet var avklarat. Marika drog in luften i lungorna och blundade ett ögonblick. Det som hade hänt de sista veckorna försvann bort i fjärran och tycktes med ens overkligt.

Marika körde en bit till, ställde mopeden vid vägkanten och slog in på en liten väg som nästan inte gick att urskilja. Stigen in var bara en lucka i snåret. Några grenar hade brutits av och hängde ner. Hon tittade förvånat närmare på djupa hjulspår som ett tungt fordon måste ha lämnat efter sig för ett tag sedan. Hon undvek skickligt vattenpussarna som hade bildats i fårorna. Det gjorde gott att röra på sig. Hon kände hur spänningen började lösas upp. Det här ögonblicket ville hon hålla kvar, för snart skulle verkligheten hinna ikapp henne. Om inte förr så när hon åkte till det ställe där Franca hade hittat proverna med förhöjd koncentration av tungmetaller. Då skulle arbetet börja. Just nu tänkte hon unna sig den lilla fristen.

Marika släntrade iväg längs med stigen som egentligen bara utgjordes av hjulspåren och kände hur hon fick ny kraft. Det kommer jag att behöva, tänkte hon och svängde runt en kurva. Emot henne kom en gammal man som hon uppskattade till början av de åttio. Han stannade precis framför henne.

"Buona sera", sa Marika.

När han log blottades en nästan helt tandlös mun. De få tänder som var kvar var svarta. Plötsligt sköt hans klolika hand fram och greppade om hennes bröst. Innan Marika hade hunnit fatta vad det var som hände, hade han börjat klämma. Han fick ett lystet uttryck i ögonen. Marika hoppade bakåt. Den gamle skrattade. Hon tog sats och slog honom i ansiktet med handen.

"Bastardo", skrek hon och rusade därifrån.

När hon hade sprungit en bit stannade hon och kastade en blick över axeln. Gubben syntes inte till. Flämtande sjönk hon ner på en sten och slog händerna för ansiktet. Hon hade känslan av att handen fortfarande var kvar på hennes bröst. Sexuellt ofredad av en gamling! Ilskan steg inom Marika. Varför hade hon inte slagit till hårdare? Friden hon hade känt var nu försvunnen igen och spänningen hade återvänt. Omgivningen gjorde nu ett hotfullt intryck på henne. Djupt liggande moln drog snabbt förbi. De verkade mörkare än innan. Det skulle snart bli regn. Marika reste sig och skyndade tillbaka till mopeden. Den gamle mannen mötte hon inte något mer.

Hon kom tillbaka till hotellet och ställde sig under duschen. Skrubbade bröstet hårt. Även om han inte hade rört vid hennes hud, så kände hon sig smutsig. Till slut gjorde det ont i skinnet och det såg ilsket rött ut. Marika gick ut ur duschen.

Klockan hade hunnit bli åtta på kvällen. Hon kände sig faktiskt hungrig och bestämde sig för att gå ner i hotellrestaurangen. Där åt hon pizza och kunde inte låta bli att kolla mobilen igen. David hade försökt på nytt men inte lämnat något meddelande. Forster däremot hade återigen talat in något i röstbrevlådan. Marika lyssnade inte av meddelandet. Han hade skrivet ett sms också. Det läste Marika inte heller. De skulle bara lämna henne i fred! Hon beställde ett glas rödvin till.

16

Marika drack den sista slurken cappuccino och reste sig. Först måste hon köpa något litet att äta till middag. Hon tog sig ut på parkeringen och runt hotellet, där hon hittade en livsmedelsbutik som hon gick in i. Det fanns faktiskt mackor som såg ganska goda ut. Bättre än ingenting. Marika tog en med ost och köpte en flaska mineralvatten till. Hon tvekade vid fruktdisken. Något nyttigt borde det vara också, så hon tog några äpplen i en påse och vägde den. När hon kom tillbaka till hotellet tittade hon forskande upp mot himlen. Det var mulet liksom dagen innan och det blåste kallt. Men hon tänkte ändå hämta sin ryggsäck och sedan äntligen åka ut till Francas område – till det ställe, där värdena av tungmetaller var förhöjda.

"Signorina!", ropade portiern efter henne, när hon passerade receptionen. "Er pojkvän har kommit. Jag skickade upp honom på ert rum."

"Min pojkvän?" Det måste vara ett missförstånd.

"Si, si. Jag visste inte att ni var ute. Han sa att det var en överraskning."

"Okej. Grazie."

Marika stirrade uppåt trappan. Hon fick en obehaglig känsla. Pojkvän? Rädslan knep om hennes mage som en tång. Galva-int.? Hon skakade på huvudet. Även om de hade hållit ögonen på henne i Basel, var de säkert inte så snabba. Eller var de kanske det? Bilden av den mördade Franca trängde sig fram. Marika skakade på huvudet igen. Nej, de skulle gå annorlunda tillväga. Så dumma var de inte att de frågade öppet efter henne. Vittnen var till nackdel för dem. De skulle lura sig på henne på ett öde ställe eller komma på natten.

Marika ryckte till. I natt hade hon sovit för öppet fönster. Det skulle hon avstå från idag. Rådlösheten bredde ut sig. Vem kunde utge sig för att vara hennes pojkvän? Vem visste var hon kunde uppehålla sig? David! Ilskan tog överhanden. Han måste ha lagt ihop Neapel med Palinuro och rest efter henne. Men varför hade han sagt att han var hennes pojkvän? Marika sprang uppför trappan. Dörren till hennes rum stod på glänt. Hon sköt upp den och rusade in på rummet.

"David! Varför måste du alltid spionera på vad jag gör!?"

Sedan blev hon stående som fastfrusen. Det var inte David som satt bredvid sängen i rummets enda fåtölj, utan Forster. Han reste sig och så lade han några Exceltabeller på det lilla bordet, dem som Marika hade skrivit ut innan hon reste och suttit och tittat på före frukost.

Marikas ben hotade att ge vika. Hon sträckte ut handen och försökte få stöd av väggen.

"Du?", fick hon fram.

"Ja, just jag."

Forster gick fram till henne. Han tog nyckeln ur hennes hand och låste dörren. Sedan återvände han till fåtöljen, satte sig ner och lade nyckeln på bordet. Med en min av att vänta lutade han sig tillbaka och knäppte händerna över magen. Marika vacklade bort till sängen och sjönk ner på den. Hon hade en känsla av att ha gått i fällan.

"Var kommer du ifrån? Och varför ...?"

"Från Schweiz för det första. Och för det andra så har du inte hållit dig till det som var överenskommet."

"Det som var överenskommet? "Nu var det dags. Varför gav man henne inte någon chans att finna bevis? "Jag vet, jag borde inte ha lämnat Ba..."

"Inte det heller. Men ditt misstag och vår fördel var att du bröt den heliga syskoneden - eller vad ni nu kallar den.

"David!" Marika slöt ögonen. Det var alltså hans skuld i alla fall. Han hade förrått henne.

"David vet inte var jag är." Eller hade hon sagt till honom att hon skulle åka vidare till Palinuro? Nej, absolut inte. Han hade bara hört utropet i högtalarna. Hur kom det sig att Forster visste att hon var i Palinuro?

"Nej, inte riktigt." Forster böjde sig lätt framåt. "Din bror ringde mig igår och var helt ifrån sig. Han berättade att du var på väg till Neapel. Det är inte för inte som jag är polis och jag förstod att det inte var ditt slutmål. Dessutom svarade du inte på mina meddelanden på mobilen. Tyvärr fick han inte tag i mig förrän du redan hade landat. Därför kunde vi inte fånga in dig när du steg av flyget."

Marika fick en besk smak i munnen. Den möjligheten hade hon inte tänkt på.

"Du kan också vara glad att det var mig din bror kom till och inte min chef. Så, nu är det min tur att ställa frågor." Hans ögon smalnade. Det tycktes bli några grader kyligare i rummet. "Vad gör du i Palinuro?"

"Semester."

"Fel, försök igen."

"Jag måste koppla av lite." Hon reste sig och lutade sig mot väggen.

"Fel igen. Ett sista försök." Han böjde sig ner och plockade upp ett par handklovar ur resväskan. Marikas hjärta hoppade över ett slag. "Bollen ligger hos dig. Antingen samarbetar du eller så gör jag det som min chef bett mig göra."

Marika tog ett djupt andetag och lade armarna i kors över bröstet. Hon hoppades att hon såg mera bestämd ut än hon kände sig och fick anstränga sig för att rösten inte skulle darra.

"Vi är i Italien och du har inga befogenheter här!"

"Bedra dig inte." Ett leende lekte kring Forsters läppar och det verkade allt annat än vänligt. "Vi har våra kontakter. Och tro mig, italienarna är inte att leka med." Forster knep ihop ögonen och tog fram sin mobil. "Det räcker med ett enda samtal. Min chef var redan lite ogillande när jag ringde honom från motorvägen strax utanför Milano sent igår kväll. Jag fick ta i för att få honom övertygad om att först försöka på fredlig väg."

"Motorvägen?" Marikas röst darrade. Hon kunde nästan inte hålla sig på benen.

"Jag har dig att tacka för en trist nattfärd. Men det är i alla fall inga köer på natten, så det gick framåt ganska bra." Forster lade mobilen på det lilla bordet. Hans händer lekte med handklovarna. "Och nu vill jag ha ett jäkligt bra skäl till att du är här. Jag lyssnar."

Marika såg på hans ögon att hon inte hade något val. Svag i knäna stapplade hon bort till sin väska, där hon hade lagt ner datorn, och tog fram kuvertet som Franca hade skickat henne. Hon tog ut cd:n ur det och räckte den tyst till Forster.

"Material till övningstimmar i paleontologi, termin 2? Vad är det här för trams? Uttryckte jag mig inte tillräckligt klart?"

"Det är inte det som är på den som står utanpå."

Forster släppte ner handklovarna på sängen och öppnade fodralet. Hans ögon blev stora när hans blick föll på post-it-lappen som Marika hade satt på insidan av fodralet. Han lyfte på huvudet med ett ryck. "Om något händer mig. Franca? Var har du fått det ifrån?"

"Det skickade Franca till mig den dagen hon dog. Till mina föräldrars adress." Hon räckte honom kuvertet som hon klokt nog hade tagit vara på.

Forster undersökte poststämpeln och tittade ett ögonblick mållöst på Marika.

"Ska det här betyda att jag hade tag i cd:n när jag var hos dig i Aarau?"

Marika nickade.

Det glimmade till i hans ögon. "Det där arbetet som du skulle korrekturläsa åt nån ... De där RFA-bergartsanalyserna ... Du har nerver må jag säga!" Han fnös. "Jag visste att det var nåt som inte stämde, men jag kunde inte sätta fingret på det." Sedan for han ut mot henne. "Gode himmel och du tycker inte att du behövde informera oss? Inte ens när jag hade materialet rakt framför näsan?"

"Och åka raka vägen i fängelse?", skrek Marika som hade ilsknat till igen.

"I fängelse?"

"Jag står ju överst på listan. Det har ni verkligen gjort klart för mig." Marika nickade mot handklovarna.

Forster skakade på huvudet. "Jag antar att det är hela examensarbetet." Han lyfte upp cd:n.

"Ja. Så långt som Franca hade hunnit."

Forster pressade ut luften genom näsan och sjönk bakåt i fåtöljen. Sedan lade han märke till övriga papper i kuvertet. Han tog ut dem och vecklade upp dem. Marika höll andan. Hon hade lagt hotbreven i kuvertet för att ha allt på samma ställe.

Forsters huvud for upp. Jag förmodar att Franca Cavalli inte skickade de här som bilagor till dig, utan att de var avsedda för dig från början, om jag tolkar det som står här rätt."

Ja, tänkte Marika säga, men rösten svek henne.

"Är det så?" Forster reste sig och gick fram till henne. Han tittade ner på henne med armarna i kors.

"De kom med jämna mellanrum i min postlåda", fick Marika äntligen fram och sjönk ihop på sängen.

Han slängde sig ner bredvid henne. När han gjorde det nuddade hans axel hennes.

"Herregud", pressade han fram och sedan blev han tyst.

När han fortsatte att tiga började Marika berätta allt i korthet, först tveksamt men sedan allt snabbare. Hon berättade hur hon hade plöjt igenom arbetet och hur hotbreven plötsligt hade legat i hennes postlåda. De hade inte kommit med posten, utan lagts direkt i lådan. Forster lyssnade utan att avbryta. Det var bara hans ögon som förrådde hur förfärad han var.

"Och du tyckte inte det var nödvändigt att underrätta oss, utan åkte ner här på egen hand."

"Ni hade ändå inte trott mig. Jag var tvungen att få fram bevis här först."

"Bevis? Marika lilla!" Han reste sig, drog upp henne från sängen och höll hennes överarmar i ett fast grepp. "Det här är ingen lek. Är du medveten om i vilken fara du svävar?" Marika kände hur hans fingrar borrade sig in i hennes muskler. "Speciellt nu när du har hela materialet och kan tyda det också, vad det verkar, för annars skulle du ju inte vara här. Du är på god väg att sluta som din väninna ..."

Han skakade på huvudet, släppte henne och gick bort till fönstret. Inte förrän nu märkte Marika de mörka ringarna under hans ögon och anade skäggstubben på hans haka, vilken gjorde hans ansikte ännu blekare. Han måste vara dödstrött efter den långa körningen under natten. Och det var för hennes skull. En antydan till dåligt samvete gjorde sig märkbar inom henne, men den kvävde hon genast.

"Du tror mig?", dristade hon sig till att fråga, när tystnaden drog ut på tiden.

Forster for runt. "Ja, för tusan! Även om alltihop låter rätt mycket som fantasier. Men det här ...", sa han och lyfte upp breven, "... är verkligt."

17

Marika stirrade på mannen som låg i hennes säng. Hon kände sig allt obehagligare till mods och visste inte hur hon skulle förhålla sig. Forster hade ringt upp sin chef efter deras diskussion. Efter vad som verkade som en evighet för Marika hade han slängt mobilen på sängen. "Det krävde en massa övertalningskonst. Nu behöver jag ta en paus. Duscha och sova och sen åker vi ut tillsammans till området där din väninna arbetade."

"Bor du också här på hotellet?"

"Ja." Forster hade börjat packa upp sin väska. "Jag fick lova min chef att inte släppa dig ur sikte en minut – och det ska tolkas ordagrant. Och eftersom jag är här som din pojkvän är det inget problem."

Marika hade tittat på honom utan att förstå. Forster hade inte sagt något mer utan gått in i badrummet med ett ombyte kläder. Strax därpå hade hon hört hur duschen brusade. En stund senare hade han kommit ut igen och slängt sig raklång på sängen.

"Men ...", hade Marika börjat.

"Om jag säger att jag inte ska lämna dig ur sikte en sekund, så menar jag det också. Dygnet runt!" Han hade flinat mot henne.

"Betyder det att du .. att vi ska ..."

Marika hade avbrutit sig.

"Precis." Med de orden hade Forster vänt sig på sidan och somnat direkt.

Och han sov fortfarande. Vid det här laget måste det ha gått en timme. Hans jämna andetag bröt tystnaden. Han måste sova riktigt djupt. Marika iakttog hans ansikte, som gjorde ett alldeles avslappnat intryck.

Han har nerver, for det genom Marikas huvud. Sova sådär inför en misstänkt. Det hade Brunn nog inte avsett med "inte lämna ur sikte för en sekund". Vad skulle han ha sagt om det? Men Forster måste verkligen vara dödstrött efter färden. Han hade helt klart inte orkat hålla sig uppe längre. Ett ögonblick gjorde sig det dåliga samvetet påmint igen, men hon sköt det åt sidan. Han hade ju kunnat stanna i Schweiz. Hon hade inte bett om att han skulle fara efter henne.

Hon kunde ju schappa. Hennes blick gick till handklovarna som låg kvar på bordet. Om hon fjättrade honom vid sängen kunde hon få försprång. Marika blev förskräckt över sina tankar. Vad gjorde den här historien med henne? Var hon faktiskt på väg att bli kriminell? Dessutom skulle Forster helt klart nosa upp henne på de mest avlägsna ställen. Och gud nåde henne då ...

Hon lutade huvudet mot väggen och kastade en blick på sin klocka. Sekundvisaren rörde sig framåt så fruktansvärt långsamt. Hon var tvungen att ta sig för något, för hon skulle bli tokig av att bara vänta. Han kommer att vara hungrig när han vaknar, funderade hon. Klockan var ändå nästan två på eftermiddagen. Även om hon inte hade lust att bekymra sig om hans lekamliga väl, var det ändå ett tillfälle att lämna rummet – om än bara för en kort stund – och få ordning på tankarna. Hon tog nyckeln från bordet och slank iväg till dörren. Väl där kastade hon på nytt en blick mot sängen. Forster hade inte rört på sig. Han låg med ansiktet vänt ifrån henne. Hans andning lät jämn. Marika gled snabbt ut ur rummet och skyndade nerför trappan.

"Blev det en överraskning?", frågade portiern.

Din förbaskade idiot, skulle Marika helst ha slängt åt honom. "Ja, tack", sa hon i stället.

Hon andades ut när hon lämnade hotellet. Himlen var fortfarande täckt av moln. Det var en fördel med att Forster dykt upp. Hon måste inte åka omkring ute i kylan.

I livmedelsaffären stod hon obeslutsam framför hyllan. Till slut valde hon en macka med tomat och mozzarella och en med parmaskinka. Långsamt, steg för steg, gick hon tillbaka till hotellet. Hon kände sig inte klar i huvudet utflykten till trots. Men det var ändå bättre att vara tillbaka på rummet, innan han vaknade. Hon öppnade tyst dörren och slank in i rummet.

"Var har du varit?"

Marika for runt. Forster satt på sängkanten. Det hade bildats en skarp rynka mellan hans ögonbryn. Det var helt klart vad han tänkte.

"Jag ..." började Marika.

"Jaha?"

"Jag tänkte att du kanske skulle vara hungrig när du vaknade." Som bevis höll hon upp de båda mackorna. Den skarpa rynkan mellan hans ögonbryn slätades ut och ett leende lyste upp hans ansikte.

"Det är jag verkligen. Tack så mycket." Han steg upp, sträckte på sig och gick fram till Marika.

"Jag vet inte vad du tycker om." Hon höll fram smörgåsarna mot honom.

"Jag tycker om båda delar." Han slog sig ner på sängkanten, rev av plasten från skinksmörgåsen och satte tänderna i.

"Inte alls dumt. Vill du inte ha?"

"Jag har redan ätit", ljög Marika. Hon hade tappat aptiten när Forster dök upp och bara kunnat få ner några klunkar vatten.

Forster höjde på ögonbrynen och pekade på bordet, där Marikas ostbulle låg bredvid vattenflaskan.

"Det ser inte ut som om du haft aptit. Får jag lite att dricka?" Han nickade mot den öppnade vattenflaskan.

Det hade Marika inte tänkt på och hon nickade. Forster tog flaskan och drack en klunk utan att tveka.

"Sätt dig." Han klappade bredvid sig på sängen.

Marika följde tveksamt hans uppmaning. Forster drack en klunk och räckte sedan Marika flaskan och ostbullen. "Nu får du också äta och dricka, annars säckar du ihop. Och det är det sista jag önskar." Marika åt motvilligt i sin smörgås. Hon hade en känsla av att brödet växte i munnen för varje tugga. Hon sköljde ner det med vatten. Nu brydde hon sig inte längre om att hon drack ur samma flaska som Forster. Huvudsaken att brödet inte kvävde henne.

"Så, nu är jag i form", sa Forster när han hade ätit upp båda smörgåsarna. Då kan vi gå till området där din väninna arbetade."

"Vi måste åka en bit, men jag har bara lånat en moped. Den är inte för två ..."

"Då tar vi min bil." Han räckte Marika bilnyckeln. "Du kör."

"Ska jag köra din bil?"

Maseratin dök upp för Marikas inre öga. Hon trodde sig inte med bästa vilja om att köra den utan att något hände och ville inte spä på Forsters ovilja mot henne genom att förorsaka en repa.

"Du känner till det bättre här."

"Nja, jag har ju inte heller varit här mer än sen igår."

"Och så körde jag tillräckligt i natt och blir glad om jag får en chaufför."

"Du skulle behöva grova skor", sa Marika i ett nytt försök att avstyra den gemensamma utflykten.

114

"Jag har alltid grova skor i bilen. Kom nu, annars hinner det bli kväll innan vi får nåt gjort."

Tjugo minuter senare stängde Marika lättat av Maseratin och räckte Forster nycklarna.

Han skakade på huvudet. "Du får fortsätta sköta körningen", sa han med ett leende och klev ur.

Marika lutade huvudet mot nackstödet och andades ut. Hon fick medge att det var en njutning att köra en sådan bil. Men skulle det gå bra en gång till att styra Maseratin lyckligt över de dåliga italienska vägarna och den här markvägen? Hon ryckte upp sig. Det var bättre att hon lät bli att tänka på det tills det var tid. Marika tog sin ryggsäck och följde efter Forster. Hon sneglade upp mot himlen, där gråa moln jagade fram och hon drog fleecejackan tätare om sig. De hade brutit upp lite abrupt från hotellet och därför hade Marika inte fått med sig sina regnkläder. Forster hade också bara en vanlig jacka på sig. Hon hoppades att det inte skulle börja regna.

"Och här är det alltså som tungmetallerna ligger så högt?" Forster gjorde en svepande rörelse med handen.

Marika skakade på huvudet. "Jag har inte varit här innan, men av kartan att döma måste vi gå en bit."

De gick tysta bredvid varandra genom busksnåren. Till slut smalnade stigen av och Forster gick före. Stickiga grenar rev Marika i ansiktet, men hon märkte det inte. Hon var alltför koncentrerad på Forster. Plötsligt stannade han och Marika höll på att gå rakt på honom. Han böjde sig ner och knöt skosnöret på sin vandrarkänga.

"Finns det ormar här?", undrade han.

"Ja, det är ett skäl till att ha ordentliga skor på sig."

"Härligt", mumlade han och rätade på sig. "Det var bara det som fattades."

"Ormar slinker för det mesta iväg, när de hör en."

"För det mesta? Jag hoppas det. Och att det inte finns några giftormar här." Han såg sig omkring. Marika kunde inte hålla tillbaka ett leende och tittade snabbt bort.

"Det är inte roligt", ropade han men kunde inte hålla sig för skratt. "Okej, jag erkänner att jag är feg när det kommer till sånt."

"Om jag har fattat rätt, så har du varit i många länder med din familj. Och säkert i såna också, där det finns ormar."

"Det är en av anledningarna till min negativa inställning. När man ska gå och lägga sig i Afrika och får konstatera att det ligger en orm i sängen, det är inget vidare. Särskilt inte om man är sex år och betjänten som ska bära ut ormen blir biten."

"Dog han?"

"Han överlevde med knapp nöd."

"Jag tycker inte heller om ormar precis. Därborta är det." Marika visade med handen mot ett stup. De gick efter varandra och banade sig fram till platsen.

"Man ser ju bara en massa snår."

"På ytan kan man inte se nåt. Det är just det som är problemet."

"Bäcken där ..." Forster lyfte handen.

"Den rinner åt det hållet." Marika pekade söderut. "Och den mynnar i en liten flod. Både vid bäcken och vid floden bor det människor - småbönder."

"Småbönder?"

"De håller djur och odlar sallad och andra grönsaker."

"Menar du att bäcken också är förorenad?", frågade han tvivlande.

Marika nickade. "Franca har tagit prover på bäcken också." Hon satte ner ryggsäcken och tog fram Francas karta över tungmetallerna. Sedan trampade hon ner gräset och lade kartan på marken. Forster satte sig på huk bredvid henne och lade sig sedan på knä. Marika pekade på kartan.

"Vi är här ungefär. Ser du de här streckade linjerna? Det är koncentrationen av tungmetaller i marken. "

"Är det Franca som har ritat ut det?"

"Ja. När hon hade konstaterat förhöjda värden i tufferna, så tog hon prover på sidobergarten också."

"På vad då?"

"Sidobergarten är det som finns runtom tufferna. Alltså den omgivande stenen. Där framme ..." Marika pekade på en klippvägg. "... är koncentrationen som högst. Den avtar längre ut. Men ovanför stupet har Franca inte hittat några tungmetaller. Eller jo, precis vid kanten, men det var det enda." Hon for vidare med fingret över kartan och stannade vid bäcken. "Vid randen av bäcken och floden är koncentrationen förhöjd, även om den inte är riktigt så hög som därframme."

"Det innebär att bönderna äter bly-, kadmium- och nickelsallad."

"På sitt sätt, ja."

Forster svor till och fortsatte att granska kartan. "När koncentrationen är som högst här, betyder det att grunkorna tippas här?"

"Det kan man utgå ifrån. Jag tror att de tippar det nerför sluttningen."

"De?" Alltså de från det där verket."

"Jag antar det. Men jag kan inte bevisa det. Det är därför jag är här."

Forster gav henne ett outgrundligt ögonkast. Marika beredde sig på en uppläxning.

Men han sa bara: "De släpar väl knappast hit det i hinkar, vad jag förstår." Det går inte att ta sig hit ens med ett terrängfordon. Och jag ser inte några bilspår heller."

"Jag har inte varit däruppe. Kanske det finns en möjlighet att köra ditupp." Marika vek ihop kartan och lade tillbaka den i ryggsäcken.

"Och hur kommer vi upp dit?"

"Vi får klättra."

"Klättra?"

"Ja." Och sedan kunde Marika inte låta bli. "Stick inte in händerna i hål eller springor. Det kan finnas ormar där."

"Marika!"

I det ögonblicket fick Marika håret i ansiktet av en kraftig vindby och samtidigt öppnades himlens portar. Regnet smattrade ner på dem.

"Å, nej!" Marika svor inombords och förbannade sig själv för att hon hade gett sig av så huvudlöst från hotellet. Det var klart det skulle bli så här.

"Var kom det ifrån så plötsligt?", ropade Forster och knuffade på Marika. "Tillbaka till bilen."

De sprang tillbaka så fort de kunde till Maseratin genom det höga gräset. På bara några sekunder var de våta in på bara skinnet. Marika tog fram bilnyckeln medan hon sprang och låste upp bilen. Forster sprang runt bilen och hoppade in på passagerarsätet. Marika gled in bakom ratten och smällde igen dörren. Andfått såg hon hur regnet trummade mot framrutan, som började bli immig.

"Underbart", mumlade Forster. "Vi behöver inte duscha mer idag."

"Man ska inte ge sig ut utan regnjacka."

"När vi gav oss iväg såg det inte så farligt ut. Det var bara molnigt." Han strök bort det våta håret ur pannan. Regnet trummade mot biltaket. "Det ser inte ut att sluta på ett tag." Han lutade sig bakåt. "Och så våta som vi är behöver vi närmast torra kläder."

"Ska vi köra till hotellet då?", frågade Marika.

"Det skulle jag föreslå."

Marika försökte dölja sin lättnad. Fast sedan kom hon på att hon skulle fortsätta ha Forster inpå sig på hotellet. Till och med ännu mer än härute.

I det ögonblicket ringde Forsters mobil. Han kastade en blick på displayen och suckade. "Hallå, Fritz … Ja, det är bra … Marika Wenger är med mig, vi har precis varit på området där … Va? Nej, naturligtvis inte … Ja, det är klart, jag håller henne under uppsikt hela tiden … Trams! Lyssna nu. För det första kan jag ta väl vara på mig själv och för det andra är Marika Wenger inte farlig för allmänheten … Nej, nu är det jag som pratar. Om det lugnar dig, så ska jag ringa varje dag … Bra, vi hörs i morgon." Han lade på. "Förvånande att det finns täckning här", sa han och log mot Marika.

"En meter längre till höger hade det antagligen inte varit nån."

"Det kan tänkas."

"Din chef vill fortfarande att du släpar hem mig i handbojor?" Marika kände ett sug i magen.

Forster lutade huvudet mot nackstödet. "Ja, det vill han."

Marika böjde på huvudet. Genast kände hon hans hand på sin arm. "Han är långt borta och om du gör som jag säger kommer det inte att gå så långt."

"Du är säker på att jag …?"

"Ja, det är jag."

"Fast jag står på er arkerbuseringslista?"

"På min vad?"

"Jag är ju trots allt er starkast misstänkta."

"Inte min. Men Fritz har fortfarande den utgångspunkten, det måste jag erkänna." Marika slöt ögonen. "Hör nu, Fritz är egentligen en bra karl. Han har hjärtat på rätta stället, även om det inte alltid verkar så. Men har han fått nåt i skallen, så är det inte så lätt att få honom att släppa det. Det är ett av de stora felen med honom. Och jag måste erkänna att i början trodde jag också att du hade dödat din väninna."

Marikas huvud for upp med ett ryck. "Men inte nu längre?"

Forster satt tyst. Det enda som hördes var regnets smattrande. Marika hann tänka att han nog inte skulle svara, när han sa tyst: "Nej. När vi åkte tillbaka till Basel efter begravningen … På universitetsfesten … Ja, överhuvudtaget. Visst kan man spela. Men det passade inte in helt enkelt."

"Hur kunde du vara så säker?"

"Vet inte. Låt oss kalla det ingivelse."

"Löser du alla dina fall på det sättet? Då är du ute på ganska hal is."

Forster log. "Nej. Man måste bara lyssna till sin inre röst. Du darrar ju. Nu åker vi till hotellet, för jag vill inte att du blir förkyld."

Marika gnuggade sitt våta hår med ett badlakan och granskade sitt ansikte i spegeln. Så kunde hon inte visa sig för Forster. Hon tog hotellets fön och sin hårborste och försökte att inte låtsas om hans necessär.

Efter det att de hade kommit tillbaka till hotellet hade hon insisterat på att han skulle duscha först. När hon kom in i badrummet hängde doften av hans schampo och duschcreme kvar i luften. Det gjorde henne påmind om att hon delade rum med en man som egentligen var en främling. Och till råga på allt säng också och en inte särskilt bred sådan.

Marika slet med borsten i det våta håret. Det brukade ta en evighet innan hennes hår var torrt. Hon visste inte hur många gånger hon hade funderat på att klippa det, men Franca hade alltid skrikit till förfärat. "Du har så fantastiskt hår och alla är avundsjuka på dig. Och du drar verkligen till dig män med det."

Äntligen var det klart. Håret flöt som en rödbrun våg över hennes axlar. Marika böjde på nacken. Nej, klippa sig skulle hon då rakt inte. Hon tog fram sitt smink, tuschade ögonfransarna lätt och sträckte sig efter sin parfym, men hejdade sig och frågade sig varför hon gjorde det. Men det var ju uppenbart ... Du är löjlig, skällde hon på sig själv, satte ändå på parfym och kastade en granskande blick i spegeln, innan hon gick ut ur badrummet med bultande hjärta.

Forster satt på sängen. Han lutade sig mot väggen och balanserade hennes dator i knät. Hans våta hår var alldeles rufsigt. Han måste ha dragit handen igenom det. I kombination med skäggstubben gjorde det ett lite djärvt intryck.

Marika kände ett tryck i magen, när hon tänkte på den kommande natten. Hon tittade på soffan som stod i andra änden av rummet. Kanske skulle hon ändå lyckas komma ifrån att dela säng med honom. Hennes blick gick tillbaka till honom. Han tittade koncentrerat på skärmen. Nu steg ilskan inom henne. Hur vågade han bara ta hennes dator sådär? Och hur hade han överhuvudtaget fått igång den?

Han lyfte på huvudet, som om han hade märkt att hon iakttog honom.

119

"Du borde byta lösenord." Han log.

Marika kom på att hon hade varit tvungen att säga sitt lösenord till polisen när hon hade lämnat in sin dator för genomsökning. Eftersom det hade varit Forster som hade gått igenom den, visste han det förstås.

"Jag tror jag behöver nån som kan förklara det här ordentligt för mig. Jag blir inte klok på siffrorna." Forster makade sig en bit åt sidan och klappade på madrassen.

Marika gick tveksamt fram till sängen. Han hade öppnat en av Francas tabeller med bergartsanalyser.

"Jag vet inte om jag är rätt person att förklara det där riktigt."

"Jag vet att du tycker bättre om fossil, men du vet ändå mer om det än jag."

Han klappade bredvid sig igen. Marika gled ner bredvid honom, men försökte att inte sätta sig för nära inpå honom. Sängen var verkligen inte bred. Hur skulle de klara att ligga båda i den utan att komma i vägen för varandra hela tiden? Marika sneglade på soffan. Den såg inte särskilt bekväm ut. Kanske skulle han gå med på att ta ett eget rum. Det fanns ju fler hotell på orten. Fast egentligen trodde hon inte det, för han hade redan gjort klart för henne flera gånger att han inte tänkte släppa henne ur sikte.

Marika tog datorn och lade den över knäna. Hon stängde tabellen och öppnade en annan. Forster flyttade sig närmare henne. Nu rörde deras axlar vid varandra. Marika försökte nonchalera det, men hon måste medge att det inte kändes obehagligt. Sluta, förmanade hon sig själv och böjde sig framåt. Hennes hår föll fram och dolde hennes ansikte och en del av skärmen. Forster strök bort det direkt. Hans hand vilade på hennes axel ett ögonblick. Osäker på rösten började hon förklara Francas arbete i detalj för honom. Då och då ställde Forster en fråga.

"Jag förstår varför den lediga lektorstjänsten tillsattes med dig", sa han efter en stund.

"Varför det? Och varför vet du om den?" Marika tittade förvånat på honom.

"För det första förklarar du fantastiskt. Så bra att till och med en lekman förstår. Och för det andra, så är man nyfiken som polis och ställer ibland frågor om saker som inte direkt har med fallet att göra. Professor Finn berättade det för mig. Hon var mycket glad över att valet fallit på dig, fast du väl är ganska ung för det som 28-åring." Han log.

Marika svalde. Han visste mycket om henne. För mycket.
"Hur kom du egentligen på spåret med tungmetallerna?",
frågade han efter att ha varit tyst ett ögonblick.

Marika harklade sig. "När jag hade trevat i mörker ett tag,
så övervann jag mig till slut och öppnade en av de här tabel-
lerna." Hon pekade på Exceltabellen. "Om Franca inte hade
markerat de förhöjda tungmetallkoncentrationerna, hade jag
förmodligen inte märkt det." Hon visade på de gula fälten.
"Av en slump klickade jag senare på den här tabellen utan
rubrik och hittade ytterligare bergartsanalyser. Dem på sido-
bergarten och marken. Eftersom det inte hör till arbetets
frågeställning och egentligen är utkastade pengar, fick det mig
att bli uppmärksam. Och hon förlorade mycket tid på det
också."

"Och hur kom du fram till den här firman?"

"Galva-Int.?" Forster nickade. "Här under den här tabel-
len har Franca gjort en anmärkning." Hon scrollade ner och
pekade på det inskrivna. "Först trodde jag att det namnet
rörde en ny analysmetod. Men Google spottade ut den här
firman åt mig."

"Är vi anslutna till internet här?"

"Ja, hotellet har trådlöst."

Marika loggade in på internet. Forster tog tag i datorn,
makade sig ännu en bit närmare henne och öppnade Internet
Explorer. Efter ett litet tag surfade han omkring på Galva-
Int:s hemsida. "För mig ser det ut som en helt vanlig firma."

"Det tänkte jag också först. Men andra galvaniseringsfir-
mor hänvisar till sitt miljötänk. De lägger betoning på det. Det
gör inte Galva-Int. Dessutom befinner sig produktionsfilia-
lerna i länder som inte har miljövård som högsta prioritet."
Marika pekade på skärmen. "Jag vet, allt det där är bara anta-
ganden. Vi kan ju inte fråga Franca om hon också tänkte så.
Ändå är det så det måste vara. För en produktionsfilial ligger
ungefär fem mil från Palinuro. Jag har kollat det i Google
Maps."

Forster lutade huvudet mot väggen. "Det skulle vara till-
räckligt långt för att inte sättas i samband med skiten, men
inte för långt. Sträckan måste ju gå att köra också. Men varför
just Palinuro?"

Marika ryckte på axlarna. "Kanske nån anställd kommer
från den här trakten. Nån måste känna till det här. Nån som
inte är hemma här skulle säkert inte hitta det här avstjälp-

ningsstället så utan vidare. Jag vet, det är också bara ett antagande, och kanske alltihop är lite väl långsökt."

"Du är inte illa. Vi kunde ha nytta av dig på kriminalen."

Marikas ögon blev stora. Men Forster hade böjt sig över skärmen igen. Med ens var Marika glad över att han var där. Nu kunde hon äntligen prata med någon om sina upptäckter och behövde inte bära hela bördan själv. Hon var inte ensam längre och kände sig trygg med honom. Marika märkte hur spänningen som hon känt sedan Francas död började ge vika.

I det ögonblicket knorrade hennes mage. Forster tittade snabbt upp. Marika kände hur hon blev röd i ansiktet. "Ursäkta", stammade hon och tryckte handen mot magen.

"Du har rätt, det börjar bli tid att äta nåt. Lunchen var ju inte speciellt stor." Forster kastade en blick på klockan, fällde ihop datorn och svingade ut benen från sängen. "Slut för idag."

Han kammade med fingrarna genom håret, som lade sig lite, och strök över skäggstubben. Sedan vände han sig med ett leende mot Marika. "Tar du mig med så här?"

"Vart då?"

"Till nåt ställe där vi kan äta", sa han. "Vart annars? I vanliga fall brukar jag komma i ett mer presentabelt skick när jag går ut och äter med en vacker dam, men jag är hungrig som en varg och jag vill inte heller att du ska behöva vänta en timme på mig." Han blinkade mot henne.

Marikas hjärta tog ett skutt. Han flirtade faktiskt med henne!

"Nå?", frågade han.

"Det är klart att jag tar dig med." Marikas röst lät hes.

Han skrattade. "Där hade jag tur. Kom då. Jag är verkligen hungrig."

18

Marika gick genom en mörk korridor. Under en av de många dörrarna syntes en ljusstrimma. Hon stannade och knackade på. Dörren slets upp. En maskerad gestalt svischade ut ur rummet och sprang förbi henne. Marika rynkade pannan och tittade efter personen som undan för undan smälte samman med mörkret. Sedan gick hon in i rummet. Franca satt på en stol och stirrade rakt fram. Runt hennes hals låg ett rep. Marika gick tvekande fram till henne. Väninnans ögon var vitt uppspärrade.

En röst ljöd ur intet. "Vi måste genomföra en obduktion. Marika Wenger ska assistera oss."

I det ögonblicket badade rummet i ett grällt ljus. Två personer utan ansikten gick fram till ett bord av stål och på det låg Franca – naken. Man räckte Marika en skalpell.

"Så, börja nu. Vi har ingen tid att förlora."

Marika skrek. Om och om igen.

"Marika."

Hon fortsatte att skrika.

"Marika! Vakna!"

Någon tog tag i hennes axlar och skakade henne.

"Nej!" Marika slog omkring sig.

"Hallå där. Vakna."

Två armar slöt sig hårt om henne.

Marika for upp och spärrade upp ögonen. Mörker omslöt henne. Hon andades häftigt. Håret klibbade i hennes kallsvettiga ansikte. Sedan blev hon varse armarna som höll om henne. Hon tänkte värja sig igen.

"Marika, det är jag."

"Vem?", stötte hon fram med hes röst.

"Simon. Ta det lugnt, du drömde bara."

"Vem är det?" Sedan kände hon igen Forsters röst. "Var kom du ifrån så plötsligt? Var är operationsbordet? Och var är männen? Och skalpellen? Varför är du här …"

Sedan kom hon ihåg gårdagen och bröt ihop under snyftningar. Hon kämpade inte emot, när han drog henne tätt intill sig och vaggade henne.

"Du är ju helt färdig."

"Jag skulle skära upp henne."

"Va? Vem då?"

"Franca."

"Skära upp henne?"

"Obducera henne."

Och hon skakade av gråt igen. Det tog en stund, innan Marika till slut lugnade sig. Plötsligt insåg hon att de satt där tillsammans i sängen. Hon löste sig försiktigt men bestämt ur hans famntag.

"Förlåt mig, Forster …"

"Simon. Jag tycker det är på tiden att vi slutar med de löjliga formaliteterna. Tycker inte du det också?"

Marika var tyst.

"Jag är glad att jag är här. Drömmer du mycket mardrömmar?"

"Ja, sedan Franca dog", svarade Marika, men avbröt sig. Hennes röst lät alldeles skrovlig.

"Varje natt?"

"Nej, men nästan."

Hon fick tårar i ögonen igen. Marika var glad att det var mörkt och att han inte kunde se henne.

"Talar du med nån om det?"

"Nej. Vem skulle jag tala med det om?"

"Till exempel med mig nu."

"Jag … Jag kan inte." Hon började frysa.

"Men det skulle vara bra." Hon hörde frasandet från täckena och så kom hans arm runt hennes axlar igen.

"Snälla, jag kan inte."

En suck hördes i mörkret. "Jag finns här för dig hela tiden, om du vill prata."

Marika nickade. Sedan blev hon medveten om att han inte kunde se det. "Tack", mumlade hon.

"Och försök sova nu", sa han lågt och drog henne ner bredvid sig.

Marika stelnade till. Han bredde ut täcket över dem båda. Hon kände värmen från hans kropp och hörde hans jämna andhämtning. Marika slappnade av och märkte hur hon långsamt gled in i sömnen. Hon flyttade sig en bit närmare honom, kröp in i hans famn och borrade in ansiktet mot hans hals, där hon drog in doften från hans hud i djupa andetag. Jag är inte ensam längre, tänkte hon. Sedan somnade hon.

Marika slog ifrån motorn och stirrade framåt. Det duggregnade lätt. Efter den gångna natten kände hon sig ännu mer förlägen inför Forster. Först hade Forster erbjudit sig att sova på soffan och låta Marika få sängen och det hade hon varit tacksam för.

Men senare hade han glidit ner i sängen för att hon hade haft mardrömmen. På morgonen hade hon vaknat i samma ställning som hon hade somnat - ihopkrupen intill honom. Hon hade förskräckt lyft på huvudet och konstaterat att han redan var vaken.

"Du sov djupt", hade han sagt och lett mot henne, som om det var det mest självklara i världen. "Så jag hade inte hjärta att väcka dig."

Hittills hade hennes mardröm inte kommit på tal. Det var vädret och om de skulle åka ut igen som var det centrala.

"Vi har åtminstone regnjackorna med idag", sa Forster som satt på passagerarsidan.

"Jag ber om ursäkt för i natt", mumlade Marika. Hon såg honom inte i ögonen.

"Det gör inget. Jag kan tänka mig hur du känner dig."

"Det kan du inte."

"Jo, det kan jag."

"Hur kan du det när du ... aldrig har varit med om nåt sånt?"

"Hur kan du veta om jag har varit med om nåt sånt?"

Hans ansikte var uttryckslöst och han höll blicken riktad mot en punkt utanför bilen. "För fem år sen var det en mycket nära kollega och vän till mig som begick självmord." Det var fortfarande ingenting som rörde sig i hans ansikte. Tvärtom såg ansiktet ut som en mask. "Han stod inte ut med polisyrket längre. Men han anförtrodde sig inte åt nån. Plötsligt en dag sköt han sig i munnen med tjänstepistolen."

"Så tråkigt."

"Det värsta var", och nu tittade Forster på Marika och ett uttryck av sorg drog över hans ansikte, "att man inte kunde förutse det. Han var som vanligt - humoristisk och rolig. Hans fru märkte ingenting heller."

"Så han var gift?"

"Ja. Och hade en dotter på knappt ett år."

Marika suckade till.

"Jag förebrår mig fortfarande."

"Men vad skulle du ha kunnat göra?"

"Ingenting. Eller jo, kanske. Jag hade kunnat inse det." Han böjde på huvudet. Marika tog mod till sig och rörde vid hans hand. "Det var anledningen till att jag lämnade Bern och började vid kriminalen i Basel." De tittade tysta på varandra ett ögonblick. Sedan tryckte Forster hennes hand. "Kom, låt oss få det gjort." Han nickade ut. "Vädret kommer inte att bli bättre idag." Han öppnade dörren och steg ur.

Marika följde honom och knäppte dragkedjan i jackan. Hon drog kapuschongen över huvudet och kurade med axlarna. Blåsten var obehaglig och det småregnade.

"Man kan knappt tro att man är i södra Italien", sa Forster och ställde sig bredvid henne.

"Glöm inte att vi bara är i början av mars. Då kan det vara trist väder härnere också."

"Jag märker det. Kom."

De banade sig väg genom snåren under tystnad. Nedanför kanten till stupet stannade Forster och spejade uppåt.

"Menar du verkligen att vi ska klättra upp där?"

"Det finns säkert en väg nånstans."

"Geologer", morrade han och sökte efter någonstans att ta sig upp utmed branten. "Ni lever farligt."

"Det är inte farligt. Här." Marika pekade på en flackare del av branten. Hon kände sig för med fötterna mot väggen. Småsten rasslade ner.

"Det ser inte så förtroendeingivande ut."

Marika brydde sig inte om honom utan började klättra uppåt på alla fyra. Efter halva sträckan tittade hon bakom sig ett ögonblick. Forster följde henne på lite avstånd.

"Det måste finnas nån annan möjlighet", hörde hon honom mumla men hon fäste sig inte vid det.

Det var svårare än hon hade trott. Redan efter en kort stund började hon svettas och hon andades ojämnt. Hon försökte att inte flåsa. För en sådan nesa ville hon inte tillåta sig inför honom. Äntligen nådde hon kanten och drog sig upp. Hon andades häftigt och tittade ner. Han var i bättre form än hon hade trott. Några sekunder bara efter att hon själv hade lyckats nådde även Forster kanten och rutschade ner bredvid henne.

"Puh", stönade han, torkade sig med handen i pannan och kletade ut en strimma lera i ansiktet. "Geologer måste vara tokiga." Han reste sig upp och drog Marika på fötter.

"Det håller en i form." Marika ryckte på axlarna och pekade på marken. "Här har nån kört."

"Fint. Då hade vi verkligen kunnat göra det enklare för oss." Forster gick fram till spåret och satte sig ner på huk. Han kände med fingret utmed fördjupningen. "Men det är ingen allmän väg. Det ser inte så ut i alla fall."

"Vad är det för spår? Lastbil? Traktor?"

"Svårt att säga. Det verkar vara länge sen nån körde här. Så spåren är inte så skarpa längre. Men det har nog varit nåt större än en personbil." Forster tittade upp på henne och blinkade, för vinden blåste duggregnet i ögonen på honom.

"Titta, spåret slutar här." Marika hade följt avtrycken.

"Den tycks ha vänt här."

"Och kört ganska nära kanten när den gjorde det." Vilket under att bilen inte hade störtat, tänkte Marika. För berget var inte speciellt stabilt.

"Jag har en känsla av att spåren inte kommer från en bil bara, utan från flera. Titta här."

Det verkade faktiskt som om flera spår gick i varandra.

"Du menar att det inte bara har blivit så när de vände?" Forster skakade på huvudet. Han följde spåret tillbaka.

"Även här, där den har kört rakt, är det flera avtryck som överlappar varandra."

"Och nu då?" Marika kisade och tittade i den riktning som bilen måste ha kommit ifrån.

"Jag föreslår att vi följer spåren. Då ser vi var de kommer ifrån." Forster var på väg att vända sig bort, men hejdade sig. "Jag vet, det är ju inte precis det bästa promenadvädret …"

"Vi tokiga geologer är vana vid det."

Innan han vände sig om, hann Marika se leendet som for över hans ansikte.

De gick bredvid varandra under tystnad. Men det var ingen oangenäm tystnad. Marika fick medge att hon njöt av att gå i terrängen med Forster. Det kändes på något sätt välbekant. De väjde för buskarna. Vägen smalnade av och blev sedan bredare igen. Plötsligt nuddade Forsters hand vid hennes. Den lätta beröringen fick Marika att rycka till. Hon gav honom en kort blick från sidan. Han hade inte märkt det. Och det tycktes inte vara med avsikt han hade rört vid henne. Hans armar pendlade lite ledigt utmed kroppen i takt med hans steg. När vägen blev lite smalare, rörde deras händer åter vid varandra för ett ögonblick. Den här gången ryckte Marika inte till. Vägen blev ännu smalare och deras armar stötte lätt emot varandra. En skön känsla. Så välbekant, tänkte Marika och blev förskräckt. Hon gav honom en förstulen blick, men han tittade rakt fram. De vandrade vidare genom snåren under tystnad, sida vid sida.

Plötsligt trevade Forsters fingrar efter hennes hand och slöt sig om den. Först trodde Marika att den beröringen också var en slump, men han höll kvar hennes hand. Marika kunde inte bestämma sig för vad hon skulle göra. Till slut bestämde handen åt henne och lade sig i ett bekvämare läge. Hennes fingrar slingrade sig om hans.

Vad är det jag gör, for det genom Marikas huvud. Jag kan ju inte gå här i omgivningarna med honom och hålla handen. Det kan inte vara rätt. Hennes hand vägrade utföra det hennes hjärna befallde – att släppa Forsters hand. Det var för skönt bara. Nästan som om de aldrig hade gjort annat.

Forster stannade och vände Marika mot sig, så att hon blev tvungen att se på honom. Han tittade på henne ett tag och sedan böjde han ner sitt huvud mot henne. Hans läppar rörde lätt vid hennes. Det var bara aningen av en beröring, men det räckte för att Marikas puls skulle gå upp. Han tittade uppmärksamt ner på henne. Hon kunde inte tyda uttrycket i hans ögon. Marika var ur stånd att röra sig. Han böjde på huvudet igen och nu tog Marikas kropp över kommandot. Hennes ögon slöt sig och hennes läppar särade sig lätt, när Forster vidrörde dem med munnen igen. Hans armar famnade henne. Hon tryckte sig mot honom. Kyssen blev alltmer passionerad och Marika önskade att den aldrig skulle ta slut.

Sedan lösgjorde han sig lite från henne men höll henne fortfarande kvar. Marika kunde inte ta ögonen ifrån honom. Det snurrade för henne. Allting inom henne var i uppror. Med ett leende strök han bort en hårslinga från hennes ansikte, så att den kom tillbaka in under kapuschongen.

Marika visste inte hur länge de hade stått på det sättet mittemot varandra. Ingen av dem sa ett ord och det behövdes inte heller. Till slut lade han armen om hennes axlar. Marika körde in sin arm under ryggsäcken som han bar på ryggen. Så fortsatte de att gå, arm i arm, som om det alltid varit så.

Plötsligt kom de till en asfalterad väg.

"Ups." Forster stannade och släppte Marika.

"Här har jag varit. Det måste vara vägen från Pisciotta till Palinuro."

"Hur vet du det?"

"Jag körde förbi här i förrgår när jag ville få en uppfattning om området som Franca arbetade på."

Marika vände sig om och kände igen hålet i buskaget. I förrgår hade hon slunkit in här och mött den där gamle mannen. Hon rös till och trängde undan tanken.

"Hör det här också till hennes område?"

Marika nickade. "Hur länge har vi gått nu?"

Forster kastade en blick på klockan. "Ingen aning." Hans ansikte hade ett märkligt uttryck. Precis som om han ville säga, det kom något emellan på vägen. "Vi har varit ute ganska länge, tror jag."

"I förrgår var det också bara av en slump som jag upptäckte det."

Hon redogjorde för sitt stopp och sin korta promenad för honom, men utelämnade mötet med mannen. "Om jag inte hade stannat, så hade jag inte heller märkt det, för det syns inte särskilt mycket att det finns en avtagsväg här.

"Nja, väg skulle jag inte kalla det. Snarare en stig."

"Som leder ut i tomma intet."

"Din teori stämmer bättre och bättre, Marika. Bara nån som vet vad som väntar i slutet känner till den här vägen."

"Menar du att nån verkligen skulle köra igenom här för att tippa grejerna?" Marika kunde inte tänka sig det.

"Varför inte?"

"Tror du verkligen att nån kör igenom här med lastbil?"

"Det måste vi ta reda på på nåt sätt."

En vindby blåste duggregnet i ansiktet på dem. Marika tyckte vid det här laget att allting kändes fuktigt.

"Men inte idag", sa Forster och klädde hennes tanke i ord. "Vi går tillbaka till bilen och kör sedan till hotellet, så att vi äntligen kan bli lite varma. Jag tänker på badkaret som vi har på vårt rum, för jag är helt genomfrusen."

19

Forster hängde ut "Stör ej"-skylten och slog igen rumsdörren med foten. Han drog Marika intill sig. Hon lät ryggsäcken dunsa ner på golvet och besvarade kyssen. Forster öppnade hennes regnjacka och den gled ner på golvet. Marika trampade ur skorna och drog ner dragkedjan i Forsters jacka. Han lät också sin jacka falla ner på golvet och tryckte sig mot Marika. Hon andades snabbare. För ett ögonblick gick tanken genom hennes huvud att det de var på väg att göra var vansinne, men hon trängde bort den och gled ur sin tröja.

Hela färden tillbaka till hotellet hade hon målat upp för sig vad som skulle hända så snart de var på rummet. Forster knäppte upp hennes skärp.

Marika krånglade sig ur byxorna och stod plötsligt naken framför honom. Forsters händer var överallt på en och samma gång. Marika stönade till och drog i hans livrem. Han lät kläderna falla till golvet och drog henne bort till sängen. Marika ryckte honom med sig, när hon föll ner på den. Hennes andhämtning var ojämn nu. Hon kunde inte och ville inte heller vänta längre. Det verkade vara likadant för honom. Hon pressade sig emot honom och lät sig bäras bort på en våg.

Efteråt låg de bredvid varandra och andades tungt. Forster drog sängtäcket över dem. Långsamt började de andas normalt igen. Marika tryckte sitt ansikte mot hans hals och andades in doften från hans hud.

I det ögonblicket skar den gälla signalen från Forsters mobil genom stillheten. Han svor tyst, böjde sig ner över sängkanten och fiskade upp sina jeans. Han halade fram mobilen ur fickan.

"Ja? ... Hej Fritz." Han gav Marika en blick och himlade med ögonen. Hon stelnade ögonblickligen till. "Vi har ... precis kommit tillbaka." Hans mun drogs till ett flin. Han kämpade helt klart för att inte skratta högt. "Nej, jag hade inte möjlighet att ringa. Det är ingen täckning därute ... Ja, allt är okej." Medan han berättade om hjulspåren lekte han med Marikas hår. Hon kände hur lusten fyllde henne igen och höll tillbaka en suck. Han talar med sin chef, sa hon strängt till sig själv. "I morgon ska vi försöka ta reda på vem det är som kör till stupet ... Nej, det blir inget mer idag. Vi har ett jäkla väder här … Ni också? Nåja … Nej, vi stannar på hotellet i eftermiddag. Det räcker att bli genomvåt en gång … De italienska kollegorna? … Nej, vänta är du snäll. Jag skulle först vilja veta om vi har rätt i våra antaganden … Marika? Marika Wenger? Ja, allt är okej. Hon har verkligen tagit reda på mycket … Nej! Det får vi prata om senare … Bra, jag hör av mig i morgon igen." Forster lade på och stängde av mobilen. "Pust, vilken tur att min mobil inte har bildfunktion." Han skrattade. Marika kunde inte heller låta bli att le. "Om han bara visste …" Forster blinkade och smög sig intill henne.

"Han skulle säkert inte bli förtjust, om han visste att du är i säng med en mordmisstänkt."

Forster blev allvarlig. "Jag hoppas att jag kan få ur honom den fixa idén innan vi kommer hem. Jag har i alla fall inte lust att leka kurragömma."

"Hur står du egentligen ut med honom dagarna i ända?"

"Jag vet, han är inte så lätt att tas med. Men i grund och botten är han helt okej."

"Helt okej?"

"Om man vet hur man ska hantera honom kan det vara riktigt roligt."

"Roligt? Jag skulle inte kunna arbeta med honom en sekund."

"Det är många som säger det. Men nu ska vi inte prata om Fritz."

Han strök bort en hårslinga ur Marikas ansikte. "Vet du, när jag såg dig första gången, föll jag dit direkt." Marika stirrade mållöst på honom. Det hade alltså varit likadant för honom som för henne? Forster drog med fingertoppen utmed Marikas kind. Sedan följde han halsen ner till nyckelbenet. "Jag kan inte fatta att det här verkligen har hänt." Hans finger hade nu nått hennes halsgrop. "För en vecka sen hade jag inte kunnat drömma om det." Det började pirra i Marikas hud när hans finger gled nerför hennes bröstben. Hon kände hur hennes bröstvårtor blev styva. Hennes reaktion tycktes inte ha undgått Forster heller, för nu cirklade hans finger runt hennes högra bröst. Han trevade sig i spiraler upp mot hennes bröstvårta och nuddade den lätt. Marika drog efter andan. Forster höll upp ett ögonblick.

"Snälla, fortsätt", viskade Marika. "Det är så skönt."

De såg in i varandras ögon, medan han smekte hennes bröst. Hans hand gled neråt över hennes mage. Marika stönade till och pressade sig mot handen. Till slut stod hon inte ut längre. Hon vände honom på rygg och drog sig upp över honom.

"O, Marika", stönade han, när hon lät honom tränga in.

20

Marika höll ansiktet mot vinden. Den var visserligen kall, men i gengäld så sken solen idag. Väderleksrapporten hade lovat sol och varmare för de kommande dagarna. Hon kände sig lycklig. Gårdagens eftermiddag och kväll gav resonans inom henne och hon kände hur hon fick kraft av det. Marika skulle helst ha tagit världen i famn, men genast gjorde det dåliga samvetet sig påmint. Hur kunde hon vara lycklig när Franca var död? Hon kvävde det dåliga samvetet. Franca skulle säkert inte velat det. Marika kunde höra tydligt vad väninnan skulle ha sagt. "Äntligen har du hittat mannen du har väntat på så länge. Ta nu chansen när den ges och njut."

"Är allt okej?" Forster hade ställt sig bredvid henne. Han tog om hennes ansikte med båda händerna och tittade forskande på henne.

"Ja." Marika log.

"Så bra då." Han gav henne en kyss.

"Och var ska vi hitta nån som kan säga vem som kör hit?"

Marika gjorde en svepande gest med handen och drog sedan ner dragkedjan i jackan. Här i lä värmde faktiskt solen lite grand.

"Ingen aning. Antagligen måste vi ta oss till bönderna som bor vid floden och bäcken. Och då har vi förstås nästa problem." Forster stirrade upp mot kanten av stupet. "Hur bra är din italienska? Min egen duger bara precis till att beställa mat, som du säkert har märkt. Och bönderna här lär väl knappast prata engelska."

"Franca sa att mina kunskaper dög bra." Marika låtsades inte om klumpen hon fick i magen när hon nämnde väninnans namn. Hon var tvungen att vänja sig vid det.

"Att de duger låter klart bättre än min italienska. Då blir det du som får ställa frågor."

"Jag?" Marika snurrade runt. "Men har du verkligen inte läst nån italienska?"

Forster skakade på huvudet. "Mina föräldrar tyckte att engelska, franska och spanska var viktigare. Det jag kan har jag lärt mig själv. Du får ta över antingen du vill eller inte."

"Jag har ingen vana vid att intervjua. Det är du som är polis."

"Det är inte så svårt. Fråga efter det du vill veta. Resten går av sig självt."

Marika suckade. "Och du menar att vi bara ska gå till husen vid bäcken och floden sådär utan vidare och fråga ut folk?"

"Jag har inte nån bättre idé."

"Tycker du inte att vi ska tala om i förväg att vi kommer?"

"Och hur skulle det gå till? Jag tycker inte att det är nån bra idé heller. De blir kanske utsatta för utpressning eller hot om de pratar med oss. Dyker vi upp plötsligt vid deras dörr, så kan vi dra nytta av en viss överraskningseffekt. "

"Tror du verkligen att de talar med främlingar som oss? Folk tycks vara ganska tillbakadragna här."

"Det är risken med en polis. Om du börjar tala med dem, går det antagligen lättare. För det första för att du kan italienska och så för att du är kvinna, med ett leende som ingen kan motstå. Inklusive mig." Han drog henne intill sig.

"Din charmör."

Han kysste henne på nästippen. "Kom nu, jag ser verkligen ingen annan möjlighet."

"Assassini", ljöd det med ens gällt bakom dem. Forster och Marika for runt och såg att de stod mittemot en gammal kvinna. Hon stod med böjd rygg framför dem och stödde sig på en käpp. Hennes ansikte var täckt av rynkor. Marika hade överhuvudtaget inte hört henne komma. Hur hade hon lyckats smyga sig fram så?

"Assassini", upprepade kvinnan och hötte med sin högra hand.

"Scusi", sa Marika och drog sig bakåt mot Forster. Hans händer vilade på hennes axlar. Han blev spänd i kroppen, men inte för att han var rädd, utan på ett vaksamt avvaktande sätt. Han skulle ta ett hopp framåt om han anade fara. Men för ögonblicket tycktes han ha bestämt sig för att den gamla kvinnan inte utgjorde någon sådan och det lugnade Marika.

"Ni är mördare hela bunten", ropade den gamla. Marika hade svårt att förstå hennes dialekt.

"Vilka då?"

"Du! Han! Allihop!"

"Vi är geologer."

"Hä", ropade kvinnan. "Ni är också som de. Ni har min son på ert samvete."

134

"Vi är geologer", upprepade Marika. "Vi samlar prover ...
stenar och dödar inte nån." Hon pekade på sin ryggsäck, som
geologhammaren stod lutad mot.

Den gamla tog ett steg framåt och rynkade pannan, så
långt det nu var möjligt för alla rynkorna.

"Gör du kanske samma som den mörkhåriga kvinnan?"
Hon lät misstrogen på rösten. Hennes blick flög mellan Ma-
rika och Forster.

Det tog ett tag för Marika att förstå. "Ja, som Franca Ca-
valli." Den gamlas ögon spärrades upp.

"Var är hon? Varför är du och den mannen här?"

"Vi hade en sak att göra på Sicilien", ljög Marika. Hon kas-
tade en sidoblick på Forster. Hans ögon rörde sig mellan
henne och kvinnan. "På hemvägen ville vi ta med lite stenar
härifrån. Min väninna ..."

"Amica tua?", avbröt den gamla henne.

"Si. Amica mia."

Kvinnan gick närmare Marika. Sedan gjorde hon något
oväntat. Med sin rynkiga hand strök hon över Marikas kind
och såg in i hennes ögon. Hennes läppar blottade ett tandlöst
leende. Marika vek inte undan för den gamlas blick.

"Jag ser att du inte ljuger. Ni är goda människor. Ge er av
härifrån. Det är ingen bra plats. Du och din man är i fara."

"Varför det?"

"De tog livet av min son."

"Varför det?"

"Han hade mod och ville få bort dem härifrån."

"Vem då?"

"Karlarna."

"Vad då för karlar?"

"Som kommer i stora bilar med dåligt vatten."

"Dåligt vatten?"

"De kör ditupp." Den gamla pekade med ett knotigt pek-
finger på kanten till stupet. "Och tippar ner det här. Alla är
sjuka. Åk härifrån." Hon vände sig bort.

"När kommer de där med de stora bilarna?", ropade Ma-
rika efter henne.

Den gamla kvinnan kastade en blick över axeln. "På nät-
terna. Alltid efter nymåne. Ge er av, annars kommer ni också
att dö." Med de orden haltade hon därifrån.

Marika stirrade efter henne och var oförmögen att röra
sig.

135

"Vad var det?" Forsters röst fick henne att rycka till av förskräckelse.

"Vittnet som du letade efter."

"Mitt vad då? Jag är ledsen, men jag förstod inte ett ord av vad ni sa."

"Hon pratade också ganska utpräglad dialekt." Marika sammanfattade kort vad kvinnan hade sagt.

"Efter nymåne?", hakade Forster på.

"Det var åtminstone så jag uppfattade det."

"Det är nu i så fall."

"Hur vet du det?"

"När jag åkte bakefter dig, så var det precis nymåne, eller det var rättare sagt precis på väg att bli det." Forster tittade upp mot kanten av stupet. "De har tydligen inte varit där än."

"Hur kan du veta det?"

"Spåren ser gamla ut."

"Och om de var här i natt då?"

"Då skulle det se annorlunda ut. Men vänta lite, jag tar och klättrar upp."

Innan Marika hann invända något, hade Forster gått bort till branten. Han klättrade upp samma väg som de hade tagit dagen innan.

"Inga färska spår", ropade han när han kommit upp. "Det är inga grenar brutna på buskarna heller. Allt ser ut som igår."

Sedan hasade han nerför branten och kom andfådd fram till Marika.

"Det betyder alltså att vi ska lägga oss på lur?"

"Nej, det gör det inte." Forster skakade på huvudet.

"Jo, om jag kan fotografera dem, så har vi bevis."

"Fotografera?"

"Jag har lånat en infraröd kamera på institutionen. Den klarar väldigt lite ljus ..."

"Nej, Marika. Vi underrättar de lokala myndigheterna och leker inte James Bond."

"Du är i Italien, Simon! Har du hört talas om mutor? Hur kan du veta att de lokala myndigheterna inte gör gemensam sak med de där. Här välkomnar man säkert varenda euro. Om du inte följer med, så gör jag det ensam." Hon korsade armarna över bröstet.

"Nej!"

Marika tittade omedgörligt på honom.

"Vi får prata om det på hotellet", suckade Forster och travade tillbaka till bilen.

21

Jag tycker helt enkelt inte om det. Fritz gör ..." Marika avbröt Forster medan hon packade ner den infraröda kameran i sin ryggsäck. "Håll honom utanför", brusade hon upp. "Jag bryr mig inte om vad han tycker. Han tror säkert att det är jag som hittar på nåt." Hon böjde sig ner och tog ut en fleecejacka ur resväskan. "Du kan ju stanna här." Hon satte händerna på höfterna.

"Nej, jag släpper inte ut dig där ensam. Förresten kommer de kanske inte." Forster stod lutad mot väggen. Han hade en ogillande min.

"I så fall kommer de i morgon. 'Efter nymåne' sa den gamla kvinnan."

Forster suckade. "Jag hoppades att jag skulle kunna få dig att släppa den här idén."

Marika ställde sig framför honom i sin fulla längd och satte händerna i sidorna. "Det handlar om Franca! Har du inte fattat det ännu. Hon blev mördad!"

"Hon skulle inte heller ha velat att du utsatte dig för fara."

"Hon skulle göra samma sak för mig!"

Forster suckade på nytt.

"Marika det här är för farligt för nån privat hämndaktion."

"Jag är inte rädd."

"Men det är jag. För din skull."

"Jag lovade Franca det vid graven."

"Vad gjorde du?"

"Att jag .. Det spelar ingen roll, du förstår ändå inte."

"Okej, jag ger mig." Han lyfte händerna, ställde sin resväska på sängen och rotade runt i den. "Vi får kompromissa. Vi bevakar branten i natt. Skulle de inte komma, så kontaktar vi myndigheterna."

"Det får vi prata om i morgon."

"Och det hela får bara äga rum på ett villkor: att det är jag som bestämmer spelreglerna." Han rätade på sig.

Marika tappade andan när en pistol han förvarat i fickan blev synlig.

"Vad är det?!"

"Mitt tjänstevapen", sa Forster bara sådär. Han öppnade magasinet och kontrollerade det. Så nickade han nöjt och stack ner pistolen bak i byxlinningen.

"Har du en pistol?"

Marikas hjärta slog upp i halsen. Det enda vapen hon någonsin hade hållit i var Davids gevär från det militära. Och det stod numera och dammade på vinden. Alla andra vapen hade hon bara sett på tv, i kriminalserier. Men de hade varit långt borta och därför ofarliga.

"Alla polistjänstemän har det", sa Forster.

"Hur kom du över gränsen med den?"

"Jag blev som tur var inte kontrollerad." Han skrattade.

"Du kan fortfarande ång ..."

"Nej! Men den där får stanna här. Jag känner mig inte bekväm ..."

"Det gör inte jag heller med det här företaget. Och den ska med. Jag sa ju Marika att det är mina regler som gäller från och med nu."

"Du ska väl inte skjuta med den?"

"Jo, i nödfall", svarade han.

"Har du ..."

"Tack och lov har jag bara behövt fyra av den under övning."

"Och du kan träffa?" Marika hade en känsla av att hon började förlora kontrollen.

"Alltid mitt i prick." Forster tog på sig jackan och gick till dörren. "Är du klar?"

Marika stirrade på jackan. Det syntes bara en lätt utbuktning, eller var det som hon inbillade sig. Hon nickade tveksamt och följde efter honom till bilen.

Forster räckte henne bilnyckeln. "Du kör. Om nåt går snett, är det också du som kör. Jag behöver eventuellt ha händerna fria då."

Marika behövde inte fråga varför. Det hela fick plötsligt en dimension som hon hade förträngt så här långt.

"Jag antar att vi ska parkera där vi har ställt bilen annars?" Hon förbannade sig själv för att rösten darrade.

"Jag tror att det är den bästa möjligheten. Man ser inte min bil så fort i buskarna. Därifrån kan vi sedan lätt ta oss upp till kanten."

På eftermiddagen hade de sonderat terrängen och konstaterat att det från den plats där de hade ställt Maseratin fanns en lättare, mindre brant väg att ta sig upp till kanten.

Efter tjugo minuter slog Marika ifrån motorn och strålkastarna. Det var beckmörkt. På himlen kunde hon se den tunna tilltagande månskäran. Efter ett tag hade hennes ögon vant sig vid mörkret. Hon kände sig allt sämre till mods.

138

"Är du säker på att du klarar av det?", frågade Forster, som om han hade anat hur hon kände sig.

"Ja!" Hon steg beslutsamt ut ur bilen.

"Lämna bilen olåst för det kan hända att vi inte har tid att låsa upp den."

Marika svalde. Forster hade också propsat på att Maseratin skulle vändas rätt, så att de i nödfall kunde komma iväg snabbt. Kanske han faktiskt hade rätt och det här var självmord. Nej! Marika rätade på axlarna och ställde sig bredvid honom.

"Försök att bara använda ficklampan i nödfall. Jag vill inte att de får syn på oss. Dessutom behöver ögonen för mycket tid för att vänja sig vid mörkret."

"Okej."

"När vi är där uppe är det jag som bestämmer. Men jag antar att jag har gjort det tillräckligt klart för dig vid det här laget."

"Ja."

"Om jag till exempel säger 'stick', så ska det ske med detsamma – utan diskussion."

"Ja."

"Och en sak till." Forster sträckte sig efter Marikas axel, vände henne mot sig och kysste henne. "Jag älskar dig." Han lade armarna om henne. Marika gjorde så med honom också. Hennes händer rörde vid den hårda utbuktningen på hans rygg. Hon ryckte till.

"Var inte rädd, den är säkrad. Så, kom nu."

Han tog Marikas hand. Först gick de bredvid varandra, sedan fick de bana sig väg genom buskagen en och en.

"Du är säker på att du hittar tillbaka i nödfall?"

"Ja."

Men Marika var inte alls säker. Nattetid såg allting annorlunda ut. De trevade sig vidare utmed stigen under tystnad, tills de till slut var uppe.

"Vi gömmer oss på den här sidan. Här har vi minst lika god sikt som därifrån. Men om vi är där borta, kan de skära av vår flyktväg till bilen."

Marika kände sig allt tyngre till mods. Hon var medveten om att hon skulle ha begått många fel i förberedelserna utan Forster. Och det kunde fortfarande gå snett. Kanske hade han verkligen rätt …

Hon slog sig ner bredvid Forster på den kalla marken och drog isär grenarna på busken lite grand. Härifrån hade man

139

god utsikt mot kanten till stupet. Hon tog fram kameran och kisade genom objektivet. Det var en perfekt position att fotografera ifrån. Nu var det bara att vänta.

"Det är den mest långtråkiga delen vid såna aktioner", sa Forster bredvid henne. Det hördes ett spår av skratt i hans röst.

"Du har väl gjort sånt här ofta?"

"Ja, men varje situation är unik." Han var tyst ett ögonblick, innan han fortsatte. "En avgörande skillnad mot idag är att vi för det mesta är fler. Du vet hur mycket övertalning det behövdes, när jag berättade för Fritz om din idé."

Brunn hade inte varit speciellt förtjust, när Forster hade redogjort för deras planer för honom. Forster hade varit tvungen att lova honom att höra av sig senast vid middagstid dagen därpå. Om det inte blev så, betydde det att något hade gått snett. Marika förträngde den tanken. Allt måste gå bra. Hon skulle ta foton och sedan skulle de försvinna obemärkt.

Tiden sniglade sig fram. Kyla och fukt trängde igenom tyget i hennes jeans. Det hade åtminstone slutat blåsa och något regn var heller inte att vänta inom det närmaste. Bredvid henne ändrade Forster ställning. En gren knakade till.

Och om de inte kom? Den tanken hade dykt upp i hennes huvud gång efter annan. De måste bara komma.

Marika kvävde en gäspning och hörde genast en lätt fnysning ur mörkret.

"Det är bara början", viskade Forster. "Det kan hända att de inte kommer förrän framåt morgonen eller att de inte kommer alls." Han tryckte hennes hand.

I det ögonblicket tyckte sig Marika kunna urskilja en ljusstråle en bit bort. När hon tittade närmare, var den borta. Hon måste ha misstagit sig. Men sedan hörde hon det dova brummandet från en motor. Hennes hjärta började slå snabbare. Hon makade på sig och lade kameran inom räckhåll. Brummandet tilltog. Rädslan kröp uppför hennes rygg. Men nu kunde hon inte dra sig ur. Det dova brummandet blandades med ett ljusare. Ett antal ljuskäglor dansade genom buskarna på avstånd.

"Det måste vara en lastbil, som åtföljs av minst en personbil – antagligen ett terrängfordon", viskade Forster till henne. "Det ser ut som om vi har tur."

Tankbilen stannade. Den lystes upp av strålkastarna från de övriga bilarna. En bit bort parkerade två terrängfordon. Några karlar steg ur och skyndade fram och tillbaka. Ett dämpat mummel trängde fram till dem. Men det var för lågt. Marika kunde bara höra att det var italienska. En av männen hjälpte lastbilen att vända och köra fram nära kanten. I ljuset från bilen kunde Marika se att en av jeeparna hade påskriften *Galva-Int. SpA Italy*.

Forster knuffade henne i sidan. "Skynda dig nu att ta dina foton", väste han.

Marika lyfte upp kameran och tryckte. Det hördes ett lätt klickande. Marika tryckte ner utlösaren en gång till. Genom sökaren såg hon hur en stor slang fästes vid tankbilen och lades fram mot kanten. Ett kommando gavs och så strömmade vätska nerför branten.

"Inte klokt", hörde hon Forster mumla bredvid sig.

Marika kunde inte heller tro det. Att tänka sig något sådant var en sak, men att se att det verkligen ägde rum en helt annan.

Efter några minuter som verkade ändlösa, rullade karlarna ihop slangen och packade ner den. Plötsligt höjdes rösterna. Men Marika kunde fortfarande inte uppfatta vad som sades. Hon tittade genom kamerans sökare en gång till och märkte hur en av karlarna pekade åt deras håll. Hon lade ner kameran.

Hade han verkligen pekat på henne? Säkert inte. De låg väl gömda i buskarna. Dessutom hade de mörka kläder på sig och skilde sig därför förmodligen knappast från omgivningen. Hon lyfte kameran igen och märkte nu hur flera karlar hade vänt sig åt deras håll. Samtidigt ljöd ett skott. Marika hade en känsla av att kulan susade förbi precis ovanför hennes huvud.

Forster svor till bredvid henne.

"Stick."

"Va?"

"De har upptäckt oss. Se till så att du kommer härifrån. Stick till bilen."

"Och du då?"

"Jag håller ryggen fri åt dig."

I det svaga ljus som trängde fram till dem från tankbilen såg Marika hur pipan på Forsters vapen blixtrade till.

"Nej."

"Vi kom överens om att det är jag som bestämmer. Stick till bilen. Vänta inte på mig utan kör direkt till hotellet. Vi träffas där …"

141

"Men ..." Två av karlarna kom åt deras håll. Ett nytt skott svischade över deras huvuden. Forster gav Marika en knuff.

"Jag klarar mig", väste han.

Karlarna närmade sig alltmer. Nu såg Marika att en av dem hade ett vapen i handen. Han siktade åt deras håll. Åtminstone kändes det så för Marika. Och sedan sköt Forster bredvid henne. Marika skrek på samma gång som mannen som höll vapnet i handen. Hans händer for upp i luften, vapnet föll till marken och han föll ihop. Karlarna vid lastbilen vrålade om varandra. Några av dem hade plötsligt också vapen i händerna och skyndade sig åt deras håll.

"För fan, ge dig iväg då. Nu vet de exakt var vi är."

Marika ålade sig baklänges ut ur buskaget. Hon höll hårt om kameran med sin högra hand, medan hon snabbt tog sig fram genom buskarna. Bakom henne ljöd ett nytt skott. Marika vacklade till. Var hade de kommit ifrån? Var fanns den lilla stigen, som de hade följt? Paniken bredde ut sig inom henne. Hon snubblade vidare. Ett nytt skott. Var det Forsters vapen? Eller var det karlarnas?

Buskarna rev Marika i ansiktet. Plötsligt fick hon en känsla av att hon hade hittat vägen. Hon sprang så fort det bara var möjligt i undervegetationen. Kameran pressade hon mot bröstet. Ett nytt skott. Simon, tänkte hon. Han var ensam mot hur många?

Marika tyckte sig plötsligt se konturerna av bilen som en skugga. Forsters Maserati! Hon hade faktiskt hittat den. Bara några meter till. Hon tog fram bilnyckeln ur fickan. Vänta inte på mig, hade han sagt. Skulle hon verkligen lämna honom åt sitt öde? Marika lyfte handen och skulle till att öppna förardörren, när någon tog tag i henne bakifrån. Lukten av svett träffade hennes näsa. Någon tryckte en trasa mot den. Den bitande stanken gjorde henne illamående. Marika lyfte händerna och drog i tyget. Samtidigt släppte hon kameran. Den ramlade först mot Forsters bil, sedan ner på hennes fot och till slut rullade den in någonstans i buskarna. Marika sparkade omkring sig. Hon försökte komma ur greppet och slog omkring sig med händerna. Så fick hon tag i en arm och drog i den. När det inte hjälpte, klöste hon. En svordom på italienska hördes tätt inpå hennes öra, men greppet lossades inte en millimeter. Förtvivlat fortsatte Marika att försöka komma loss och ansträngde sig för att inte andas in. Hennes lungor skrek efter syre, men Marika motstod även nu impulsen att hämta luft. Hon sparkade bakåt igen och nuddade angriparens ben. Mannen bakom henne sa något på italienska, som Marika översatte till vildkatt. Ytterligare ett par armar kom till och tog ett grepp om hennes armar. De båda angriparna flämtade. Marika höll andan, men hennes lungor protesterade alltmer. Hon försökte vrida bort huvudet igen, och det lyckades ett kort ögonblick. Den kalla nattluften strömmade djupt ner i hennes lungor. Sedan pressade mannen återigen den fuktiga trasan mot hennes ansikte. Hon sparkade förtvivlat åt alla håll och träffade vid något tillfälle ett ben. En svordom. En spark mot hennes skenben. Marika skrek till och tog samtidigt ett djupt andetag. Bitande luft strömmade ner i hennes lungor. Hon tumlade medtaget mot en av sina angripare. Hennes lungor propsade på nytt på sin rätt till luft. Det stinkande tygstycket gjorde henne illamående. Det svartnade för Marikas ögon. Hennes kropp löd inte längre. Benen hotade att ge vika. Hon hörde en röst säga "äntligen" och kollapsade.

22

Allt gungade under henne. Var var hon? På en båt? Hon måste befinna sig på en båt och vara sjösjuk. Illamåendet sköljde genom henne. Hon klöktes och öppnade ögonen. Inte någon båt, utan ett rum. Varför rörde golvet sig? Jordbävning? Var var hon? Marika blundade. Långsamt stillnade underlaget. Magen slutade revoltera. Men hon mådde illa ändå. Marika öppnade försiktigt ögonen igen. Hon befann sig i ett rum. Men fönstret var förtäckt. Genom en liten springa trängde en smal ljusstråle in till henne. Marika vred lite till på huvudet. Hon låg på en smutsig madrass. Den måste ha varit vit till färgen en gång i tiden. Men nu var den grå och brun. Marika svalde. Hon var törstig. Det var varmt och dålig luft. Hon stödde sig försiktigt på armbågen och lät blicken vandra. På andra sidan stod en säng. Det låg någon i den. Hon lyfte sig upp lite mer.

Simon! Han låg med ryggen vänd mot henne på en likaledes smutsig madrass. Marika satte sig käpprakt upp och låtsades inte om dunkandet i huvudet och illamåendet som vällde upp igen. Med ens kom minnet tillbaka. Hon blundade. De hade tagit Simon också!

"Simon!", ropade hon, men han rörde sig inte. "Simon?" Inget rörde sig. Andades han överhuvudtaget? Marika kunde inte avgöra det. Hon rusade upp, men var tvungen att sätta sig igen med detsamma. Allting snurrade.

När yrseln hade lagt sig, reste hon sig igen. Men långsammare den här gången. När hon kommit fram till sängen, dunsade hon ner på kanten.

"Simon!"

Sedan lade hon märke till såret i hans huvud.

"Nej, Simon!"

Marika skakade honom. Ingen reaktion. Marika stirrade på hans bröstkorg. Höjde den sig eller inte? Hon kände efter pulsen på halsen. Huden var kallsvettig. Ett stönande kom över hans läppar. Marika hejdade sig och fick tårar i ögonen. Han var inte död. Hon vände försiktigt på honom. Hans ögon var slutna. Ansiktet nedsölat med blod. Men såret på sidan av huvudet tycktes vara det enda. Varsamt strök Marika först över sårkanten, sedan lätt på själva såret och kände sårskorpan. Det måste ha blött mycket kraftigt. Madrassen var också nedsölad med blod. Det fanns en mycket stor fläck.

Hur mycket blod hade han förlorat? För det mesta såg allt värre ut än det var, eller hur? Åtminstone hade hon läst det någonstans.

"Vakna", viskade hon.

Men han rörde sig inte. Den enda rörelse, som Marika nu kunde urskilja, var bröstkorgen som höjde och sänkte sig i jämn takt. Hon lyfte upp hans huvud och lade det i sitt knä. Sedan smekte hon honom ömt över pannan, som var alldeles varm.

Han visste att det skulle gå illa, flög det genom Marikas huvud. Han försökte att få mig att avstå från denna vansinniga idé. Och jag lyssnade inte på honom! Han som vet mer om sådana saker än jag.

Hon tittade ner på honom. Han såg blek ut. Onaturligt blek.

Hur länge hon hade suttit så, visste hon inte. Plötsligt slog Forster upp ögonen.

"Marika!"

Hon kunde knappt höra vad han sa. Han försökte sätta sig upp, men sjönk tillbaka ner med ett stönande. Marika lade hans huvud i sitt knä igen. Han blundade ett ögonblick och lyfte handen. Trevade över ansiktet och så upp till såret.

"Nej." Marika tog tag i hans hand.

"Vad har hänt? Det känns som om en pansarvagn hade gått över mig."

"Du minns inte?"

Forster skakade på huvudet och stönade genast till.

"Har du huvudvärkstabletter och nåt att dricka?"

Marika lät blicken glida runt rummet.

"Nej, här finns ingenting."

Han lyfte på huvudet. "Var är vi nånstans?"

"Jag vet inte."

"Du ser heller inte speciellt pigg ut." Sedan kom någon sorts insikt i hans ansiktsuttryck. "Jävlar, jag sabbade det. De fick tag i oss."

"Nej, det är min skuld."

Han log svagt. "Det får vi diskutera sen, när vi har kommit härifrån. Hur fick de tag i dig?"

"Jag var nästan framme vid bilen, när två stycken grep tag i mig bakifrån och tryckte nåt som stank i ansiktet på mig."

"Antagligen kloroform. Med mig tog de det inte så nätt."

"Varför fick de tag i dig?"

"När du hade försvunnit, försökte jag också att dra mig bakåt. Ensam hade jag inte en chans. Så jag kröp baklänges ut ur buskarna. Men där stod det redan nån. Jag stötte emot honom. Innan jag hann förstå vad som skedde, slog han mig i huvudet."

"Hur kom det sig att de upptäckte oss?"

"Bra fråga. Kanske de såg min bil ..."

"Hur skulle de ha kunnat göra det? De kom från andra sidan."

"Kanske kommer de från båda håll, för att vara säkra på att ingen är där. Och min bil väckte säkert misstankar, för den är ju inte precis diskret och har schweizisk registreringsskylt."

Han drog på munnen i ett litet ironiskt leende.

"Men vi hade ju gömt den väl!"

"Kanske inte tillräckligt väl. Eller så såg de din kamera."

Marika svalde. "Menar du att strålkastarljuset skulle ha reflekterats i den? Är inte det ganska osannolikt?"

"Svårt att säga. Antagligen har de helt enkelt hållit koll på omgivningarna hela tiden. Och då lade de säkert märke till oss två. De ställde ut vakter och så kommer vi mitt i natten och smyger oss upp dit. Jag min idiot borde ha tänkt på allt det."

"Säg inte så, Simon. Det var jag som pressade dig till det."

Han lyfte handen och strök en hårslinga bakom hennes öra.

"Vi ska nog hellre diskutera hur vi kommer härifrån."

Han satte sig långsamt upp. Så tog han sig åt huvudet med höger hand och väntade ett ögonblick innan han steg upp.

"Är du inte klok!" Marika hoppade också upp och tryckte tillbaka honom ner på sängen.

"Om vi vill komma härifrån, så måste jag stiga upp. Vi måste se efter om vi kan ta oss ut." Han hade blivit en nyans blekare.

"Låt mig sköta det."

"Okej, hur är det med dörren?"

Marika gick bort till dörren. Hon tryckte ner handtaget och ryckte i det. "Låst."

"Är den stabil?"

"Den ser ganska massiv ut." Marika kände med händerna över träet.

"Okej, fönstret då?", frågade han.

"Igenspikat", svarade hon.

"Vad då med?"

"Tjocka träskivor." Marika tryckte lätt på dem.

146

"Är det ingen som sitter löst?"

Marika ryckte i dem. "Jag får i varje fall inte loss nån."

"Kan du se nåt genom springan?"

Marika tryckte ansiktet mot den smala glipan. "Buskar. Men vi är inte på bottenvåningen. En trappa upp kanske."

"Okej, ge mig fem minuter. Sen kollar vi tillsammans."

Marika gick tillbaka till Forster och satte sig bredvid honom. Han lade sin arm om hennes axlar.

"Vi lever ju i alla fall."

"Vad menar du?", frågade hon förskräckt.

"Tänk på Franca. De dödade henne direkt. När det gäller oss så gjorde de sig i alla fall besväret att släpa iväg med oss."

"Och det skulle vara ett bra tecken?"

Forster ryckte på axlarna. "Kanske."

Marika tittade tvivlande på honom. Han hade ett märkligt uttryck i ansiktet och hon förstod att Forster inte trodde på det själv. Han ville bara lugna henne.

De satt bredvid varandra på sängen under tystnad. Forster höll fortfarande armen om Marika och smekte hennes axel. Hon lutade sig mot honom.

Vi är åtminstone tillsammans, tänkte hon. Ensam skulle hon inte veta hur hon skulle klara den här situationen. Forster hade säkert någon idé om hur de skulle komma härifrån oskadda.

"Kom så undersöker vi fönstret och dörren tillsammans", sa han till slut. Han makade sig långsamt framåt och tog stöd i sängkanten.

"Ska jag hjälpa dig?"

"Nej, det går."

Det trodde Marika visserligen inte på, men hon lät det vara. Han såg fortfarande mycket blek ut och hade säkert en förfärlig huvudvärk. Precis när han hade rest sig upp, vreds nyckeln om i låset. Dörren gick knarrande upp. Tre karlar kom in i rummet. Marika stelnade till, när hon såg vapnet i handen på den ene. Den muskulöse mannen pekade på Forster med det och sa något på italienska.

"Vad säger han?", frågade Forster Marika.

"Att du säkert känner igen vapnet", sa en av de andra karlarna på bruten tyska.

"Ja. Vill ni lämna tillbaka det till mig?"

Mannen som hade översatt skrattade. "Kul." Nu kände Marika också igen pistolen. Det var Forsters tjänstevapen.

"Du komma med oss", sa den satte mannen.

"Jag? Ensam?" Forster pekade på sig själv.

"Har du svårt att fatta, va? Inget trams. Kom nu, annars du och din flickvän ..." Han drog med handen över strupen. Marikas mage drog ihop sig. Illamåendet kom tillbaka. Forster gick tveksamt fram till karlarna. Den muskulöse, som höll i vapnet, grabbade tag i honom och knuffade honom mot dörren. Innan dörren gick i lås bakom dem, tittade Forster på henne. När Marika såg hans ögon, gick det en iskall kåre nerför ryggen på henne.

Nyckeln vreds gnisslande om. Steg avlägsnade sig. Sedan var Marika ensam. Hon sprang fram till dörren och ryckte i den. Hon hamrade förtvivlat med knytnävarna på den.

Sedan sparkade hon på träet. Smärtan sköt upp genom hennes ben, men dörren hade inte rubbat sig en millimeter. Marika satte sig på huk och gned ankeln. Rädslan snörde ihop hennes strupe. Hur länge hon hade suttit framför dörren, visste hon inte, när det plötsligt hördes en knall. Ögonblicket efter hördes en till. Marika hoppade upp och rusade fram till fönstret, utan att ta notis om den värkande ankeln. Det var skott! Hon spanade ut genom springan, men kunde inte urskilja något.

Strax därpå kom karlarna tillbaka in i huset. Marika kunde höra deras hånskratt. Hon lyssnade spänt, men kunde först inte uppfatta något.

"... é morto", hörde hon emellertid sedan.

Som en blixt stod det klart för Marika vad skotten innebar.

"Nej!", skrek hon till. Hon vacklade mot sängen och föll ner på den. "Simon! Nej, snälla, nej!" Hon kröp ihop under snyftningar. Blicken som han hade gett henne! Han hade vetat vad som väntade honom.

148

23

Marika låg hopkrupen på sängen. Tårarna hade tagit slut och hennes inre kändes avtrubbat och tomt. Så småningom blev hon varse omgivningen igen. Vid det här laget hade det hunnit bli skymning. Det trängde in allt mindre ljus genom den smala springan i fönstret. Någonting surrade. Marika reste sig upp. Ljudet slutade. Hoppas att här inte är getingar eller något sådant, tänkte hon. Eller bålgetingar! Du har bekymmer, skällde hon på sig själv. Du tänker på getingar, fast du ändå inte kommer levande härifrån.

Det var fortfarande dålig luft och varmt. Marika drog av sig tröjan. T-shirten hon hade under klibbade mot kroppen. Hon fick inte ge upp. För Francas och Forsters skull måste hon klara av att ta sig härifrån och överlämna förbrytarna till polisen. Det surrade en gång till. Det lät mycket konstigt för att vara en geting. Men hon kunde inte bli klok på från vilket håll ljudet kom eller vad det rörde sig om.

Marika kastade en blick på sin klocka. Den hade stannat! Marika slöt ögonen och sög på läppen. Hon var törstig. Hennes mun kändes alldeles uttorkad. Hon vacklade mot dörren. Fanns det en strömbrytare någonstans? Marika bävade för att behöva ta sig igenom hela natten ensam i mörkret. Hon kände utmed väggen, men hittade inget. Fanns det överhuvudtaget någon lampa i rummet? Marika kunde inte komma ihåg. Hon drog sig bort från dörren. Hon fortsatte glida med handflatorna över den skrovliga ytan. Ingenting. Till slut kom hon fram till fönstret. Ute hade det blivit mörkt och Marika kunde inte urskilja någonting. Genom den smala springan strömmade det in kall luft. Marika satte ansiktet alldeles inpå den lilla öppningen och insöp begärligt den friska luften. Så törstig!

Det fanns kanske ett handfat. Hon hade inte tänkt på det, eftersom hon hade varit koncentrerad på Forster. Marika försökte komma ihåg var i rummet det kunde finnas ett. Hon trevade på nytt utmed väggen. Efter ett tag stötte hon emot sängen. Hon rundade den och strök vidare utmed väggen. Sedan nådde hon fram till dörren. Marika fortsatte att söka av väggen. Strax därpå kom hon till fönstret igen. Hon hade kommit runt och hade varken hittat någon klosett eller något handfat. Så törstig!

Någonstans ifrån hörde Marika surrandet igen. Vad var det för något? Det var kusligt. Efter en kort stund upphörde ljudet. Marika pressade ansiktet mot den smala springan och njöt ett ögonblick av svalkan. Sedan märkte hon att hon var tvungen att lägga sig ner. Hennes ben kändes som om de var av gummi. Hon gick ostadigt åt det håll där hon trodde sängen stod. Då stötte hon emot något och föll raklång. Mjukt skumgummi dämpade hennes fall. Madrassen. Marika blev liggande så som hon hade ramlat, eftersom hon inte hade några krafter kvar för att kravla sig upp. Så törstig! Hon blundade.

Genast dök Forster upp för hennes inre syn. Simon! Knappt hade hon hittat någon, så hade hon förlorat honom igen! Och varför? För att hon inte hade lyssnat på honom, utan hade velat genomföra det här till varje pris. Skuldkänslorna dränkte henne som en våg. Hon bar ansvaret för hans död! Hon hade dödat honom. Francas föräldrar hade rätt när de kallade henne mörderska.

Marika vaknade. Något hade väckt henne. Surrandet! Nu igen. Men det tystnade direkt. Hon försökte svälja. Hon var alldeles torr i munnen. Med stor ansträngning reste hon sig upp. Genom springan trängde det in ljus. Hade hon verkligen sovit hela natten? Hon tog sig sakta på fötter och vaggade fram till fönstret. Nu strömmade det in varm luft. Utanför var det skärande ljust och Marika var tvungen att blinka. Antagligen var det redan middagstid. Hon lät blicken vandra genom rummet. Kidnapparna hade inte varit där medan hon hade sovit. Åtminstone stod det varken mat eller dryck där. Fortfarande inte.

Marikas blick svepte över rummet. Det fanns faktiskt ingen toalett och inget handfat. Det stod bara en tom skål vid väggen. Var den tänkt för hennes behov? Men Marika behövde inte gå på toaletten. Inte undra på, när man inte drack någonting. Hon vacklade tillbaka till sängen. Hur länge var det sedan hon hade ätit och druckit? Strax innan hon och Forster hade gett sig iväg hade hon tagit en klunk vatten. Simon! Hon sköt snabbt ifrån sig tanken på honom. Inte nu. Hon behövde vara klar i huvudet.

Kidnapparna hade säkert inte varit här på ett dygn, slog det henne plötsligt. Hon andades snabbare.

Skulle karlarna överhuvudtaget komma tillbaka? Marika hoppade upp och sprang fram till dörren. Var hon plötsligt fick kraft ifrån visste hon inte. Hon ryckte i dörren, men den var fortfarande låst. Hon sparkade förtvivlat på den och skrek till när det knakade till i hennes tå. Nu slängde hon sig med axeln emot den. Dörren rörde sig inte en millimeter. Marika snyftade till, gled ner på golvet och lutade huvudet mot träet medan hon andades häftigt. Hon gned med handens baksida över ögonen. Slösa inte med vätska. Att gråta innebär vätskeförlust. Det måste finnas en utväg. Hon kom på fötter med svårighet och släpade sig fram till fönstret. Hon slet i träskivorna och försökte få in fingrarna i den lilla springan. Förgäves. Det ledde bara till att en nagel bröts. Marika stack in det blödande fingret i munnen och funderade. Nästa försök var att kasta sig på med axeln. Sedan sparkade hon på träet. Utan resultat. Alldeles utmattad sjönk hon ner på golvet. Hon badade i svett. Det måste ju finnas en utväg!

Marika slog upp ögonen. Hon låg på golvet. Framför henne stod Forster. Hon tittade förvirrat upp mot honom och var förvånad över var han kom ifrån så plötsligt. Han var ju död, eller hade hon drömt det? Sedan lade hon märke till vattenflaskan som han höll fram mot henne. Marika satte sig upp och lyfte handen, men tog i tomma intet. Förvånat stirrade hon på flaskan. Hon försökte ta den en gång till och blev förskräckt. Hon kunde ju faktiskt ta rakt igenom flaskan.

"Sluta tramsa Simon och ge mig äntligen nåt att dricka."

Marika sträckte sig efter Simons arm. Men han löste upp sig och flaskan med honom.

"Nej! Stanna! Jag är törstig!"

Hon vacklade genom rummet, men Forster var försvunnen. Det är klart, han var ju död. Hennes fantasi hade spelat henne ett spratt. Död … Marika sköt undan vad det ordet innebar.

Genom springan trängde det in ljus. Hade det gått en natt till eller hade hon bara sovit en kort stund? Vid det här laget hade hon totalt förlorat tidsuppfattningen. Marika sög på tungan och hoppades på att avhjälpa törsten lite genom att svälja saliv. Men det hjälpte inte mycket. Munnen kändes torr och tungan dubbelt så stor som annars.

Hon vände sig om. På andra sidan rummet stod det nu ett bord. Och på det en flaska och en assiett med en smörgås. Varför hade hon inte sett det med detsamma? Kidnapparna måste ha varit i rummet under tiden hon hade sovit. Mot sin vilja kände hon sig tacksam. Hon svajade fram till bordet och stödde sig mot träskivan med ena handen. Men handen fick inte tag i något. Marika ramlade och landade på golvet med en dov duns. Hon blev liggande där alldeles medtagen. Det gjorde henne ingenting längre att golvet var så smutsigt. Vatten! Vad skulle hon inte göra för en klunk vatten! Ett surrande hördes bakom henne. Marika tog sig upp och fick syn på en mobil under sängen. Den låg nästan ända inne vid väggen. En mobil!? Den dansade lätt över golvet för varje surrande. Var det verkligen sant eller var det också ett fantasifoster? Surrandet upphörde och mobilen låg nu stilla på golvet. Av någon anledning verkade den bekant för Marika. Var det hennes mobil? Surrandet satte igång igen och mobilen började dansa runt på nytt. Marika kröp fram till sängen på alla fyra, pressade sig ner mot golvet och sträckte ut handen, men kom bara att röra vid mobilen med fingertopparna. Hon sträckte sig. När hon försökte få tag i den igen, kom hon att skjuta in den ytterligare en bit under sängen. Marika skrek till av frustration. Med sina sista krafter ålade hon sig in under sängen. Hon sträckte sig efter mobilen, men hejdade sig mitt i rörelsen. Hennes hand svävade några centimeter ovanför mobilen, som fortsatte dansa över golvet. Hon tvekade ett ögonblick, eftersom hon var rädd att mobilen skulle bli till luft liksom vattenflaskorna. Sedan sköt hennes hand fram och faktum var att hon kände den blanka ytan på telefonen mot huden. Marika ramlade åt sidan och slog huvudet i golvet. Hon blev liggande medtagen och orörlig. Surrandet i handen slutade, men började strax därpå igen. Det dunkade i huvudet på henne, men hon bortsåg från smärtan. Mobilen fortsatte att surra. Gör nåt, det är din sista chans. Marika tryckte på knappen med den gröna telefonluren.

"Hallå?" Bara det ordet kostade henne nästan de sista krafterna.

En mansröst svarade henne. Hon förstod inte ett ord, men rösten verkade bekant.

"Aiuto", pressade Marika fram. Mannen i andra änden svarade och Marika insåg plötsligt att det var schweizertyska.

"Hjälp", fick hon fram. "Simon ... död. Snälla ... hjälp ..." Sedan svartnade det för ögonen på henne.

26

Marika kände det som om hon svävade. Sval luft strök över hennes kropp. Sedan hörde hon röster och fick återigen känslan av att röra sig någonstans genom luften. Något lades på henne. Det kändes skönt. Hon slog upp ögonen, men fick stänga dem med detsamma igen, för det skarpa ljuset bländade henne. Ett snabbt stick i armen. Hon ville skrika, men fick inte fram ett ljud. Någon lyfte hennes hand. Nu kände Marika att hon höll handen knuten om någoting. Man ville få upp hennes knutna hand, men hon höll envist fast i föremålet. Hon skulle gärna ha släppt efter, men kunde inte röra fingrarna en millimeter. Hon försökte lyfta armen, men den löd henne inte heller. Var befann hon sig? Hon öppnade ögonen på nytt och bländades. Var hon död?

Hon svävade högre upp. Eller var det någon som lyfte henne? Plötsligt insåg Marika att hon inte var törstig längre. Det gjorde inte ont heller. Då var hon verkligen död. Den tanken fyllde henne först med skräck. Men hon lugnade sig snart. Nu skulle hon återse Franca. Och Simon! Eller var allt det där inte sant som man berättade inom kyrkan? Marika hade aldrig varit troende.

Franca hade ofta försökt övertyga henne med kyrkan. Hon hade gång på gång bedyrat hur värdefull tron kunde vara. Nu hoppades hon att allt det som berättades var sant, så att hon skulle komma till en underbart vacker plats och återse alla.

Men varför hade hon känt ett stick i armen? Varför kände hon av sin kropp, även om hon var oförmögen att röra sig? Eller var det inbillning? Något slogs igen och Marika märkte att det blev mörkt. Hon öppnade ögonen igen, men kunde inte urskilja något.

Sedan hörde hon en mansröst. "Hon öppnade ögonen."

"Det skulle jag inte lägga så stor vikt vid. Titta ett sånt skick hon är i." En annan man. De två talade italienska. Var hon i Italien eller var det språket i dödsriket?

"Om jag bara kunde få loss mobilen ur hennes hand. Fingrarna krampar totalt …" Det var en kvinnas röst. Tre olika personer fanns i hennes närhet och pratade italienska med varandra. Varför kunde hon inte se dem?

"Men ta den ifrån henne bara …"

"Då bryter jag hennes fingrar."

"I hennes tillstånd spelar det nog inte så stor roll." Han skrattade.

"Hur kan du bara vara så kallblodig!" Kvinnan lät upprörd.

"Ge mig den."

Hennes hand räcktes vidare. Nu försökte någon annan att bända upp hennes fingrar. Smärta sköt upp genom armen. Personen i fråga släppte hennes hand. "Hon ryckte till."

"Det är klart, det gör ju ont." Kvinnans röst.

"Nonsens! Hon känner säkert ingenting." Det var mannen som hade sagt att man skulle bryta hennes fingrar. Hur hade han överhuvudtaget kommit på den idén? Hade han verkligen tänkt göra det? Nej, hon kunde inte vara i himlen. Om man kunde tro på Franca och kyrkan, så var man inte så brutal där.

"Det spelar ju ingen roll." Det var mannen, vars röst hon hade hört allra först. "Låt den vara kvar i händerna på henne. Det är inte vårt största problem just nu."

Vem var de tre personerna? Kidnapparna? Förde de bort henne? Vart då?

Det ryckte till. Marika försökte röra sig men lyckades inte. I stället märkte hon hur hon drev bort. Nej, jag måste hålla mig vaken ...

När hon kom till sans igen, hörde hon återigen röster. Men det var andra nu.

"Hennes tillstånd är bekymmersamt."

Vems tillstånd? Vem talade de om?

"Om hon klarar den här natten, har vi kanske en chans."

De här två talade också italienska med varandra. Marika var glad att Franca hade insisterat på att lära henne det. När hon nu inte kunde se, så förstod hon i alla fall orden, även om de inte hade någon innebörd för henne.

"Kommer hon att vakna igen?"

"Bra fråga. Vårt närmaste mål är att få henne stabil."

Marika kände ett stick i armen.

Varför kunde hon fortfarande inte röra sig? Hon öppnade ögonen, men såg bara svartaste mörker. Var det natt? Eller var hon inlåst i ett mörkt rum?

"Hon öppnar i alla fall ögonen."

De talar ju om mig, nådde det Marikas medvetande. Hennes tillstånd var bekymmersamt. Var befann hon sig? De

155

båda lät som om de var läkare. Kidnapparna skulle säkert inte bekymra sig om henne.

"Det betyder inget, som du mycket väl vet. Titta nu när jag lyser in med ficklampan, då reagerar pupillerna inte."
De lyser in i mina ögon? Varför ser jag inte det? Varför är det så mörkt? Paniken bredde ut sig inom henne.

"Hjärtfrekvensen stiger."

"Det var bara det som fattades."
Något trycktes in i hennes arm. Marika kände det som om hon drogs ner i ett djup. Nej, jag måste hålla mig vaken. Hur ska jag annars få dem att förstå att jag är vaken?
Hennes arm lyftes upp. Fingrar trevade mot handleden.

"Det stabiliserar sig igen."

"Tack och lov. Patienten får inte lämnas utan övervakning."
Patient? Jag är verkligen på ett sjukhus! Någon hade hittat henne! Marika kände sig lättad. Nu tillät hon sig att sjunka bort. Prata med läkarna kunde hon säkert göra senare.

Marika vaknade och slog upp ögonen. Hon var omgiven av mörker. Var det natt? Någonstans måste det finnas en strimma ljus. Inte ens på natten var det någonsin helt mörkt. Marika sträckte på huvudet, men hon kunde inte urskilja något. Då mindes hon igen. Hon var på ett sjukhus. Antagligen i Italien. Ändå kunde hon inte se något! Men hon kunde åtminstone röra huvudet! Marika försökte lyfta handen men lyckades inte. Ett svagt vinddrag strök över hennes ansikte. Hon kände en behaglig värme. Nästan som om solen sken. Hon insåg att hon låg på något och var fastspänd. Fastspänd? Var hon ändå inte på ett sjukhus? Hade kidnapparna bundit henne? Var var hon? Helt klart bar man henne.

"Lyft försiktigt", sa en mansröst. Det var schweizertyska. Inte italienska längre? Var hon hemma? Marika slog hastigt upp ögonen. Det var ljust och hon bländades. Hon kunde uppfatta ljus igen! Det gjorde ont och hon blundade igen. Nu måste hon bara kunna se riktigt också.

"Hon blinkade!"
Tystnad. Vem hade blinkat? Och … Det var Simons röst! Hans Bernaccent … Nej, det var omöjligt. Han var död! Berntyska var det andra också som talade.

"Som jag sagt till dig, ska du inte tillmäta det så stor betydelse. Vi kan fortfarande inte uttala oss om vilka men hon kommer att få …" Mannen talade med ostschweizisk dialekt.

156

Men? Vem då? Vad menade han med det?

"Eller om hon nånsin vaknar upp. Koma kan vara kort eller vara länge."

Koma? Vem låg i koma?

"I värsta fall vaknar Marika aldrig mer."

Jag?! Ligger jag i koma? Det förklarade allt. Marika kände paniken komma. Nej, det måste vara ett misstag. Det var säkert bara som hon drömde.

"Men hon har ögonen öppna!"

"Det betyder verkligen ingenting. Hon kan inte se oss."

En kvävd svordom.

"Jag är glad att hon är tillräckligt stabil för att transporteras nu."

Transporteras? Vad då transporteras?

"Så, vi är klara här bak. Varsågod och sitt och sätt på bältet. Vi startar strax."

Plötsligt blev det tyst. Men Marika kunde ändå tydligt känna att det var andra personer närvarande. Startar? Med ens hörde hon ett tjutande, som tilltog. Sedan trycktes hon ner. Hon hade känslan av att befinna sig i något som accelererade alltmer. Det kändes nästan som …? Som i ett flygplan?!

"Hur lång tid tar det?" Simons röst.

"Lite mer än två timmar. Så gör det bekvämt för dig."

Det blev lugnt. Marika kunde bara höra dånet från motorerna. Stämde det som mannen sa? Låg hon verkligen i koma? Och var den andra rösten verkligen Simons? För att få reda på det måste hon helt enkelt kunna se. Marika blundade och somnade direkt.

När hon vaknade igen, kom hon att tänka på vad hon hade hört tidigare. Nej! Bara inte koma. Marika slog upp ögonen, men var tvungen att stänga dem med detsamma igen, för hon blev bländad. Hon kikade försiktigt under ögonfransarna. Jo! Hon kunde urskilja något. Först bara som en skugga, men bilden blev skarpare. Ett litet fönster, som faktiskt hade formen av en flygplanslucka.

Marika vände lite på huvudet. Forster! Han satt verkligen på ett säte och tittade ut genom fönstret. Omöjligt. Det kunde inte vara sant. Kanske spelade den nyvunna förmågan att kunna se henne ett spratt. Hon öppnade munnen, men det kom inte ett ljud över hennes läppar.

"Simon?", försökte hon en gång till.

Han vred hastigt på huvudet. Det var verkligen han. Först tittade han på henne ett tag, sedan knäppte han upp bältet,

157

reste sig och böjde sig ner över henne. "Hon har ögonen öppna igen."

"Du måste vänja dig vid det, för det kommer att vara så om och om igen. Men hon varseblir ingenting." Rösten som kom från mannen med den ostschweiziska brytningen blev lite otålig.

"Jag har ändå en känsla av att hon ser mig. Titta. Hon ser rakt in i mina ögon."

"Forster, jag kan förstå att du hoppas. Men bit dig inte fast vid det." En suck. Sedan dök en man upp i Marikas synfält. Han måste vara i mitten av de femtio, var flintskallig och hade vit rock på sig. Han tog fram ett par glasögon ur bröstfickan och satte dem på näsan. Sedan tittade han noga på Marika.

"Jag kan förstå hur svårt det måste vara för dig." Han lade handen på Forsters axel. "Sätt dig igen."

Forster vände sig bort och det gjorde mannen med.

Nej, jag är vaken, ville Marika ropa, men det kom inte ett ljud över hennes läppar. Hon koncentrerade sig.

"Simon."

Forster och mannen i rock for runt.

"Marika?"

"Gode gud, hon har verkligen vaknat."

"Var … är … jag?"

Forster tog hennes hand och tryckte den mot sina läppar. "På väg till Schweiz. Vi är ombord på ett Regaplan."

"Du … inte … död?" Det krävdes mycket kraft för att Marika skulle kunna tala.

"Nej, jag är inte död." Forster lade hennes hand mot sin kind. I hans ögon glänste tårar. "Det här ögonblicket har jag väntat på i två veckor." Hans röst darrade. Nu såg Marika att hans vänstra arm satt i en linda och var fixerad vid kroppen.

"Otroligt!" Jag måste rapportera till Zürich." Mannen i rock försvann ur synfältet.

"Skotten …"

Forster böjde ett ögonblick på huvudet. "Så dem hörde du däruppe?" Han drog djupt efter andan. "Ja, de sköt mot mig, men träffade inte riktigt." Han nickade med huvudet mot armen som var fixerad vid kroppen.

"Du får inte överanstränga Marika." Mannen i rock hade kommit tillbaka. "Hur mår du, Marika?"

"Trött", mumlade Marika.

Forster nickade. "Du har rätt. Det där kan vänta till senare." Han lade Marikas hand på hennes mage och strök med handen över hennes kind. Marikas ögon föll ihop.

27

Marika vaknade. Hon vred huvudet åt sidan och fick syn på ett stativ, där det hängde en infusionspåse. Hon låg i en sjukhussäng. Den andra sängen i rummet var tom. Hon kunde vagt komma ihåg att man hade tagit henne hit. Då och då hade hon vaknat till, men bara för ett ögonblick. Ibland hade det funnits en sjuksköterare där. En gång hade det till och med stått en man vid sängen som presenterat sig som doktor Renz. Han hade sett mycket glad ut över att det gick att tala med Marika.

"Du gör väldigt stora framsteg, Marika", hade han sagt.

Det knackade och dörren öppnades på glänt. En av skötarna kikade in. Han log. "Du är vaken. Det är jättebra." Skötaren slank in i rummet och gick fram till sängen.

"Hur mår du?"

"Bra egentligen, men jag är trött."

"Det är normalt. Du har gått igenom väldigt mycket. Din kropp tar igen det med sömn."

"Var är jag egentligen?"

"På distriktssjukhuset i Aarau."

"Hemma?"

"Det kan man säga." Han log på nytt.

Nu kom Marika ihåg flygningen i räddningsplanet. Mannen som varit med hade nämnt Zürich.

Skötaren tog hennes arm och lade om blodtrycksmanschetten. Marika kände ett lätt tryck, när manschetten pumpades upp.

"Fortfarande lite lågt", mumlade skötaren och antecknade på ett block. Han lyfte på huvudet. "Doktor Renz tyckte att när du är vaken en längre stund, så kan vi snart börja med fast föda. Så där, nu får du vila dig lite. Doktor Renz tittar in till dig i eftermiddag."

Han skyndade ut ur rummet. Marika vände huvudet mot fönstret. Utanför sken solen. I förrummet till hennes rum hörde hon nya steg.

"Ett ögonblick. Jag måste se om hon är vaken", hörde hon en kvinnlig röst.

En dörr klickade. Marika vände på huvudet och såg en fyllig kvinna i vit rock. Precis bakom henne kom Brunn in i rummet.

"Hon är tydligen vaken", sa han.

"Fem minuter!"

"Tio!"

"Men absolut inte längre!" Kvinnan gav Brunn en vresig blick och lämnade rummet.

Brunn drog fram en stol till sängen och satte sig.

"Hej, Marika. Hur står det till?"

"Det går." ... *men det är knappt när du är här*, lade hon till i tankarna.

"Kan jag ställa några frågor? "

"Var är Simon ... Jag menar Forster?", sa Marika i stället för att svara.

Brunn höjde lite på ögonbrynen. "Du har tydligen förvridet huvudet på Simon ganska så rejält." Marikas puls ökade.

"Jag har ögon att se med." Han väntade ett ögonblick och betraktade Marika under tystnad. "Jo, Simon fick gå hem, men han måste ta det lugnt."

"Jag trodde att han var ..." Marika tvekade. "Död." Då var det inte minnet som bedrog henne, att hon hade talat med Simon i Regajeten.

"Han hade rejält med tur. Kidnapparna hämtade honom och tänkte skjuta honom med hans tjänstevapen. Simon lyckades vrida sig loss och de sköt efter honom. Skulderbladet förhindrade tack och lov att det gick riktigt illa." Brunn gjorde ett kort uppehåll. "Han ramlade nerför en brant och blev liggande orörlig nedanför. Det var tydligen tillräckligt för dem och de såg inte efter. När han kom till sans igen, släpade han sig till närmsta by. Man tog honom till ett sjukhus. Där opererade de honom också. Därifrån ringde han till slut upp mig." Han tystnade ett ögonblick igen, innan han fortsatte. "Först efter det blev jag informerad. Det skedde strax efter att vi hade talat i telefon med varandra."

"Vi? Du och jag?" Hade hon ringt upp Brunn av egen fri vilja? Hon hade ju inte hans telefonnummer. Och var skulle hon ha fått en telefon ifrån?

Brunn nickade.

"Jag pratade inte med dig. Jag var inlåst."

Brunn log och verkade plötsligt helt annorlunda. "Vi pratade i telefon. När Simon inte hörde av sig som överenskommet, försökte jag nå honom gång på gång. Jag hade förstått för länge sen att nåt inte var som det skulle och begav mig därför också mot Italien. När jag var på väg upp i planet, svarade du äntligen."

"Jag?"

"Du pratade ganska virrigt, men jag förstod att du hade Simons mobil."

"Hade jag?"

"Hur den än hamnade under sängen, så räddade den livet på dig. När sjukvårdarna hittade dig, låg du under sängen – med mobilen i handen. "

Det stämmer. Nu kunde Marika minnas otydligt hur hon krupit in under sängen och hittat en mobil.

"Jag lät spåra Simons mobil med detsamma. Tack och lov har den ett bra batteri. Vi hittade dig verkligen i grevens tid. Du var helt uttorkad." Brunn skakade lätt på huvudet.

"Varför låste kidnapparna in mig i rummet? De hade ju kunnat skjuta mig också direkt." Marika var förvånad över hur lugnt hon talade.

Brunn ryckte på axlarna. "Jag tror att det var ren sadism."

"Sadism?"

"Du lät dig inte avskräckas och det måste ha retat dem. När de äntligen fick tag i dig, ville de plåga dig och själv gotta sig åt din kvalfulla död. Och …" Brunn avbröt sig.

"Men det kom inte in nån till mig i rummet, efter att de hade hämtat Simon."

"Det behövde de inte heller. Det fanns ett litet titthål upptill på dörren. Framför dörren hittade vi ett litet steg. Kidnapparna måste ha tittat in i rummet ofta." Marika svalde. "Men jag vill bespara dig övriga detaljer när det gäller kidnapparna och deras karaktär." Brunn tittade åt sidan och teg. Till sist tittade han på Marika igen. "Du har verkligen nerver, men mod också. Det måste jag medge. Trots det var idén med fotona raka vägen till himlen. Simon har jag redan gett på öronen. Ni två skulle aldrig ha fått åka ut dit ensamma. Och jag borde aldrig ha tillåtit det. Men bilderna är av utmärkt kvalité."

"Vilka bilder?"

"Jamen, fotona som du tog."

Just det, hon hade fotograferat. Men …

"Jag tappade ju kameran."

"Vi hittade den i buskarna invid Simons bil."

Marika slöt ögonen. Då hade inte allt varit förgäves.

"Och nu då?"

"Nu behöver jag ditt kompletta vittnesmål och dina förklaringar till Franca Cavallis examensarbete. Du har visserligen redan berättat allt för Simon, men vi måste skriva ner det." Han tog fram en inspelningsapparat.

"Tio minuter har gått!" I dörren stod den fylliga systern. Hon hade korsat armarna över bröstet och tittade omedgörligt på Brunn.

"Ja, ja. Jag kommer strax." Han viftade med handen.

"Inte strax, utan nu! Marika är i stort behov av vila."

Brunn suckade och reste sig upp. "Vi måste tydligen skjuta på det." Han log mot henne. Marika kunde knappt tro det. Den här sidan hade hon inte sett hos honom tidigare, men det fick henne ändå inte att tycka att han var mera sympatisk.

Brunn reste sig och vände sig mot dörren, när Marika kom på en sak till.

"Brunn?"

Han vände sig om. "Ja?"

"De här vittnesmålen mot mig ... Vem var det som lämnade dem?"

"Det får jag inte lov att säga till dig. Tills vidare, tills undersökningen är avslutad."

"Men varför det?" Marika blundade. Det måste vara Bernd Gretzer och hans vänner.

"Kanske så mycket som att de här personerna har med det här med Galva-Int. ..."

Marika spärrade upp ögonen. "Någon i min närhet har med det att göra?" Hennes hjärna arbetade och gick igenom hennes vänner och bekanta.

"Låt det vara så länge", svarade Brunn. "Vi tar hand om det. Och nu ska du vila dig."

28

Ett halvår senare

Marika satt och tittade på rosen på graven. Hon lade sin hand bredvid den. Jorden kändes varm. Riktigt behaglig. Marika kämpade med tårarna. Nu skulle vi sitta tillsammans någonstans och ha picknick och njuta av brittsommaren, sa hon i det tysta till Franca. Väninnan hade älskat den här årstiden. Det är inte längre för varmt, men ändå tillräckligt för att vara ute, hade hon sagt. På den punkten var hon inte någon typisk italienska, som inte stördes av värme.

En hand lades på Marikas axel.

"Kom", sa Forster. Hon reste sig upp.

"Och hon dog verkligen förgäves?"

"Nej. Galva-Int. SpA Italy existerar inte längre. Bevisen som Franca och du hade samlat ihop var entydiga. Även om de försökte neka till det, så finns det inte bättre bevis än dina foton."

"Det är bara den lilla fisken. De som bär huvudansvaret slipper som vanligt undan straff."

Forster suckade. "För det mesta är det så, tyvärr. Galva-Int. tog avstånd från sitt dotterbolag. De påstår sig inte ha vetat om vad som försiggick därnere, och det är ju klart. Hittills har man tyvärr inte hittat några bevis."

"Kan man verkligen inte göra nåt?"

Han skakade på huvudet. "De uttalar sig upprört över det italienska dotterbolagets förehavanden. I fortsättningen ska de hålla bättre koll på sina dotterbolag."

"Galva-Int. har produktionsorter över hela världen. Och de är intressant nog i länder, där man inte lägger så stor vikt vid miljöskydd. Eller så är det länder som behöver pengarna och därför tiger."

"Ja, jag om någon vet. Men nu har de i alla fall kommit i offentlighetens ljus."

"Men hur länge då? Om ett år kommer ingen att tala om det mer." Marika knyckte på nacken och blinkade bort tårarna.

"Våra händer är bundna, Marika. Hur gärna jag än skulle vilja, så kan jag inte göra mer. Saken har också en politisk aspekt ..."

Han lade armen om hennes axlar. Marika skakade honom av sig, tog ett steg framåt och vände sig mot honom.

"Bara för att ett en medlem i förbundsrådet är involverad i det", fnös hon ilsket.

Forster avbröt henne. "Ingen i förbundsrådet har med det att göra ..."

"Hur vet du det?"

Forsters ögonbryn flög upp lite lätt. "Okej, jag medger att en inflytelserik politiker sitter i styrelsen för Galva-Int. ..."

"Det är likadant alltid! Efter ett par veckor talar ingen om det mer."

"Jag tror inte det den här gången. För min far kommer inte att ge sig, förrän alla har ställts till svars."

"Din far?"

"Det var ju ändå en medlem av familjen som höll på att få sätta livet till."

"En familjemedlem? Ja, du."

"Nej, han menar dig."

"Mig?"

"Ja, det är så mina föräldrar ser på dig."

Marika spärrade upp ögonen. "De känner mig ju inte överhuvudtaget."

"Det spelar ingen roll." Forster gick fram till Marika och lade sina händer på hennes axlar.

Marika tittade ner ett ögonblick. "Det betyder att man verkligen kan fortsätta med det?"

"Ja, men inte du." Han gjorde en rörelse med hakan mot graven. "Om inte jag gör det, vem bryr sig då om det?"

"Även om du inte tror det, så finns det folk som har ögonen på firman."

"Vem då? Det står ingenting i tidningarna om det."

"Det får jag inte säga." Han drog henne intill sig. "Var glad att det inte står så mycket där."

Marika sänkte blicken ett ögonblick. Forster hade lyckats hålla hennes namn borta från medierna.

Han drog djupt efter andan. "Jag känner inte heller till alla detaljer, men jag vet i alla fall att ärendet inte bordläggs. Det ser min far till, som sagt."

Marika var tyst.

"Jag är åtminstone inte längre den huvudmisstänkta för din chef", sa hon till slut lågt.

"Fritz har bett dig om ursäkt, om jag har förstått det rätt."

"Ja, det har han. Men jag tycker ändå inte om honom."
Marika gjorde en grimas. "Det är sällan jag har träffat nån som jag tyckt var så osympatisk."
"Du kommer att få mer med honom att göra än du vill."
"Vi kanske kan enas om vapenvila nån gång."
Varje gång hon mötte Brunn låg det spänning i luften. Han hade låtit henne förstå flera gånger att han inte uppskattade hennes förhållande med Forster. Forster befann sig som en lugn pol mellan dem, och det ledde till att de förhöll sig någorlunda neutralt till varandra.
Forster log. "Det vore en början. Kom, så går vi." Han tog hennes hand. Marika hejdade honom.
"Jag kan fortfarande inte tro att Bernd Gretzer och Reto baktalade mig och dödade Franca. Jag visste inte ens att de två kände varandra. Okej, Bernd var sur för att jag inte ville ha med honom att göra. Men Reto! Jag trodde vi var vänner."
Marika skakade på huvudet och tittade mot Francas grav.
"Och så bara ljög han hela tiden."
"En del gör saker för pengar. De har båda stora spelskulder. Men det är ett annat kapitel."
"Men att döda nån!", ropade Marika.
"Människor blir dödade för mindre summor än så."
Marika kastade en blick på graven. De båda skulle ändå få sitt straff. Även om det inte gav Franca livet tillbaka, så gav det i alla fall Marika någon sorts gottgörelse. Hon kände hur Forster drog lätt i hennes arm och tittade på honom.
"Kom", sa han.
Sida vid sida gick de sakta utmed gången mellan gravarna bort mot utgången från kyrkogården. Han stannade vid sin bil.
"Kan jag verkligen inte övertala dig att komma med?"
"Vart då?"
"Till Bern, såklart. Till mottagningen i Parlamentshuset. Mina föräldrar skulle bli glada om de fick träffa dig redan idag. Hittills har du nämligen lyckats med att hålla dig undan." Han blinkade till henne.
"Jag är inte bjuden …"
"Du tycks inte ha sett att det stod 'Simon Forster med sällskap' på inbjudan som jag fick."
Marika sänkte huvudet. "Men jag hör inte hemma där."
"Det gör inte jag heller. Seså, Marika, lämna mig inte i sticket. Och mina föräldrar bits inte. Dessutom vill de verkligen äntligen lära känna dig."

Marika suckade inom sig. Hur kunde hon komma ur det? "Jag har ingenting att ha på mig. Såna kläder som skulle passa någorlunda, de är hos mina föräldrar."

Forster skrattade lågt. "Marika, vi är i Aarau, eller har du inte märkt det heller?" Hon kunde inte låta bli att le. "Verkligen ett fint försök, älskling."

"Och efter den här mottagningen, så ska du köra tillbaka till Basel – mitt i natten?"

"Såklart ska jag inte det. Vi stannar hela helgen i Bern. Det finns ett hotellrum bokat åt oss." Han tog Marika under hakan och tvingade henne att se på honom. "Med en stor dubbelsäng." Hans röst hade fått en skrovlig ton och det glänste i hans ögon.

"Jag har inte packat nåt ännu."

"Det är väl det minsta problemet. För det första går det fort, för vi ska ju inte åka jorden runt, utan bara bo över i Bern. Och för det andra kan du ta på dig klänningen du ska ha i kväll redan nu. Till natten behöver du ändå inte så mycket." Hans ögon glittrade skälmskt.

"Simon! Du är omöjlig." Forster kysste henne. Hon tryckte sig tätt intill honom och besvarade kyssen. När han släppte henne, behövde hon en stund för att hämta andan. Forster böjde på huvudet – med samma bedjande ansiktsuttryck. Men han sa ingenting.

"Okej då", sa Marika. "Du vann. Jag följer med."

Han strålade. "Jag visste väl att jag kunde lita på dig."

*****

Källor/Litteraturförteckning

· Grams, Ina (2000):
Quartärgeologie und Tephrostratigraphie der Umgebung von Palinuro, Süditalien. Examensarbete vid universitetet i Freiburg i. Br., handledare Jörg Keller & Reinhard Pflug.

· Lirer, L., Pescatore, T. & Scandone, P. (1967):
Livello di piroclastiti nei depositi continentali post-tirerenici del litorale sud tirrenico. Atti. Acc. Gionenia Sci. Nat., Catanie 18: 85-115.

· Wikipedia:
Galvanotechnik
(http://de.wikipedia.org/wiki/Galvanotechnik), 2012-01-14

· WECOBIS – informationssystem för ekologiskt byggmaterial: Galvanik, (http://www.wecobis.de/jahia/Jahia/Home/ Lexikon /Galvanik_LEX, 2012-01-14